KB211975

할아버지와 손자가 엮어온

주말농장 이야기

할아버지와 손자가 동행하는 삶의 이야기

할아버지와 손자가 엮어온

주말농장 이야기

펴 낸 날   2025년 02월 24일

지 은 이   이상인
사   진   배말련
펴 낸 이   이기성
기획편집   서해주, 이지희, 김정훈
표지디자인   서해주
책임마케팅   강보현
펴 낸 곳   도서출판 생각나눔
출판등록   제 2018-000288호
주   소   경기도 고양시 덕양구 청초로 66, 덕은리버워크 B동 1708호, 1709호
전   화   02-325-5100
팩   스   02-325-5101
홈페이지   www.생각나눔.kr
이 메 일   bookmain@think-book.com

• 책값은 표지 뒷면에 표기되어 있습니다.
  ISBN 979-11-7048-846-0 (03810)

이상인 글
배말련 사진

할아버지와 손자가 엮어온
주말농장 이야기
할아버지와 손자가 동행하는 삶의 이야기

Weekend
Farm
Story

생각나눔

prolog

할아버지와 손자가 동행하는 삶

할아버지는 다니던 직장을 은퇴하고 나면 당초 전원으로 돌아가 제2의 인생을 시작할 계획을 하였다. 그래서 퇴직하기 5년 전에 시골에 약 700여 평의 땅을 매입하여 미리 주말농장을 가꾸면서 살아왔다. 때가 되어 퇴직을 하였는데 인생은 계획대로 되지 않았다. 아들이 결혼을 하게 되었고, 손자를 낳게 되었으며, 우리 부부는 맞벌이 부부를 위해 손자를 맡아주어야 했다. 전원으로 돌아갈 계획을 잠시 미루고 도회지에서 살며 손자들을 돌봐주고 주말이면 농장에 가서 식물을 가꾸는 소위 '5都2村'의 삶이 시작되었다. 여건이 바뀌다 보니 손자가 자라서 학교에 갈 때까지 키워준 다음 시골로 내려가기로 계획을 바꿨다. 그러던 중 둘째 손자 성하가 태어났다. 결국 손자 둘을 할아버지 할머니가 맡아 키우게 되었고 시골로 내려갈 계획은 또 뒤로 미루어졌다.

손자들은 자라면서 주말이 되면 할아버지를 따라 농장에 오게 되었고, 농장에 오면 도회지에서 볼 수 없는 자연을 만나게 되었다. 농장에 와서 할아버지를 따라 삽질을 하고 호미질을 하는 것도 새로운 놀이가 되었다. 손자들은 아빠 엄마가 쉬는 주말에도 집에 있지 않고 할아버지를 따라 농장에 올 때가 많았다.

농장에 오면 손자는 할아버지의 일거수일투족을 따라 했다. 할아버지가 삽으로 흙을 파면 손자도 제 키만 한 삽을 들고 와서 삽질을 해보며 놀았다. 또 쇠갈퀴로 이랑을 만들고 있으면 공구 창고에 가서 쇠갈퀴를 들고 와 할아버지 옆에서 이랑을 만들며 놀았다.

산딸기, 블루베리 등이 익어 수확할 때가 되면 할아버지를 따라 과수원에 와서 과실들을 따 먹으며 노는 것도 새로운 재미였고 먹거리였다. 또 감자나 고구마를 캘 때가 되면 할아버지와 함께 흙을 파서 땅속에 파묻혀 있던 덩이를 발견하고 캐는 것도 신비로움을 즐기는 놀이가 되었다.

봄이 오고 올챙이가 개울가에 고물고물 헤엄쳐 다닐 때는 농장에 와서 올챙이가 얼마나 자랐는지 또 올챙이가 개구리로 되어있는지 관찰해보는 것도 아이들에게 재미있는 관심거리였고, 할아버지와 함께 완두콩을 따다가 나비가 날아다니는 것이 보이면 할아버지가 애써 농사지은 채소들을 짓밟고 나비를 잡기 위하여 쫓아가며 놀았다. 할아버지는 하던 일을 중단하고 손자가 나비를 쫓아다니는 것을 지켜보는 재미를 함께 즐겼다.

봄이 오는 어느 해에는 할아버지 농장 안에 손자들만을 위한 새로운 '성규 성하의 주말농장'을 따로 만들어주었다. 아이들이 스스로 채소와 꽃을 심는 것을 도와주고 나면 둘째 성하는 주말에 올 때마다 할아버지가 시키지 않아도 물뿌리개에 물은 담아 그 무거운 물통을 낑낑거리며 들고 와 물을 주는 모습도 귀여웠다.

나이 70대 중반을 바라보는 할아버지가 손자들과 풀밭을 돌아다니며 메뚜기를 잡아 함께 놀아주고, 여름방학 때가 되면 농장에 간이풀장을 설치해 아이들과 물싸움을 하며 동심의 세계로 되돌아가 보는 것도 전에 해보지 못한 즐거움이었다.

손자들을 젖먹이 때부터 키우느라 육체적 정신적으로 참 힘들고 어렵기도 했지만, 지금 생각하면 손자들이 있어 할아버지는 인생이 즐거웠고 행복했던 것 같다. 다니던 직장을 은퇴하고 인생후반부를 살아가다 보면 주변 사람들이 하나둘 떠나가고 자식들도 결혼하여 부모의 슬하를 떠나게 된다. 결국 부부만이 남게 되고, 노인이 된 할아버지는 피할 수 없는 고독감을 경험하게 되며 나이가 들수록 점점 더 깊은 고독의 동굴로 들어가는 것이 인생 후반을 살아가는 할아버지들의 삶이다. 하지만 할아버지에게는 손자들이 있어 고독하지 않았다. 손자들과 함께 주말농장을 가꾸며 살아온 삶도 이전에 경험해보지 못한 새로운 즐거움이었다.

그런데 이러한 아름다운 날들도 오래 계속되지는 못할 것 같았다. 손자들이 젖먹이일 때는 아빠, 엄마밖에 없었고, 조금 더 자라서는 할아버지, 할머니가 함께 살아가는 세상의 전부였다. 그런데 아이들이 자라면서 학교에 다니게 되었고, 새로운 친구들을 만나게 되었다. 손자들은 집을 떠나 더 넓은 세상을 살아가게 되고, 친구의 생일에 초대받거나 혹은 친구들과의 약속이 있어 할아버지를 따라 농장에 오지 못할 때도 더러 있었다.

그러던 중 첫째 손자 성규는 올해 중학생이 되었다. 사시사철 변하며 새로운 풍경을 볼 수 있는 것이 할아버지 농장이지만 해마다 반복되는 자연은 더 이상 성규에게 관심거리가 못 되었다. 할아버지를 따라 채소를 가꾸거나 열매를 따 먹던 재미도 해마다 반복되다 보니 어릴 적만큼 흥미는 없는 것 같았다. 둘째 성하는 아직 할아버지 농장에 가자고 하면 언제나 좋아하지만 머지않아 첫째처럼 할아버지 농장에 대한 관심이 멀어질 날도 올 것이 예상된다.

그리고 할아버지도 70대 중반을 바라보며 살아가고 있다. 주말농장에 가서 하던 농사 일도 힘에 부치고 농사 일기를 쓰는 것도 과부하가 걸리는 것을 느끼게 된다. 손자와 동행하며 가꾸어왔던 주말농장에서의 삶도 끝이 보이기 시작하는 것이다. 시간의 매듭을 지을 때가 되었다고 생각하며 할아버지는 지금까지 손자들과 동행하며 가꾸어왔던 주말 농장 이야기들을 책으로 엮어 손자들에게 물려줄 예정으로, 그동안 할아버지가 블로그에 올려 관리해왔던 사진과 일기들을 정리하기로 하였다.

대부분의 할아버지들이 손자에게 물려줄 많은 유산을 남기고 싶어 할 것이다. 하지만 할아버지는 공직생활로 직장을 은퇴하였기 때문에 물려줄 재산이 별로 없다. 그리고 유형의 재산을 유산으로 물려주는 것은 큰 의미도 없다. 많은 돈, 넓은 땅, 아름다운 집 등 유형의 재산은 언젠가는 소멸될 것이고, 또 그러한 재산을 유산으로 남겨준다고 해서 손자들이 행복해지거나 할아버지를 오래 기억하며 살아가지도 않을 것이다. 하지만 할아버지가 손자와 동행하며 살았던 아름다운 기억들은 그렇지 않고 세월이 흐르면 흐를수록 더욱 값지고 아름답게 남을 것으로 생각되었다.

누군가는 사람은 두 번 죽는다고 했다. 한 번은 육체적으로 죽는 것이고, 두 번째는 사람들의 기억 속에서 사라지는 것이라고 했다. 할아버지의 육체적인 죽음은 자신의 의사와는 상관없기 때문에 할아버지가 어떻게 할 수 없다. 하지만 손자의 기억 속에 살아있는 할아버지는 오래 머물러 있을 수도 있고 빨리 사라질 수도 있는 것이다. 할아버지는 손자와 함께 주말농장을 가꾸며 동행했던 기억들이 손자들의 기억 속에 오랫동안 남아있기를 바라며 지난날들의 손자들과 함께했던 순간에 대한 사진과 글들을 정리해보았다.

이 책은 할아버지인 자신과 자신의 손자인 성규, 성하, 성진이와의 이야기다. 그럼에도 불구하고 우리들의 할아버지와 우리들의 손자들이 함께 공유할 수 있는 이야기들이다. 그리고 할아버지는 이 책을 통하여 하고 싶은 이야기를 세상을 향하여 하고 싶어 책을 엮어 시중에 내어놓게 되었다. 맞벌이 자식을 위하여 손자를 맡아 키워주는 것은 분명 육체적으로 힘이 들고, 정서적으로 어려움이 있는 것은 사실이다. 그럼에도 불구하고 손자들을 맡아 키워주다 보면 보람도 있고, 이전에 미처 경험해보지 못한 새로운 즐거움이 있고, 아름다운 삶도 있다는 것을 말해주고 싶어 내어놓게 되었다.

끝으로 인상적인 사진들은 수백 마디의 말보다 더 생생하게 사실을 전달하고 또 기억 속에 오래 남을 것으로 생각되어 할머니가 찍어준 사진을 위주로 책을 엮었다. 할아버지를 따라 손자들을 데리고 농장에 와서 맛있는 것을 해먹이고 농사일을 도우면서 손자들이 농장에 와서 재미있게 뛰노는 아름다운 모습이 보이면 카메라를 가지고 와서 틈틈이 사진을 찍어준 할머니가 없었다면 손자들에게 물려줄 기억들은 그냥 스쳐버리는 일상이 될 수밖에 없었을 것이다. 그런데 주말농장을 함께 가꾸며 바쁜 와중에 인상적인 모습이 보일 때마다 사진을 찍어준 할머니가 있어 이 책이 나오게 된 것이다.

아무쪼록 먼 훗날 손자들이 어른이 되어 다시 이 책을 펼칠 때가 있으면 할아버지와 할머니가 손자들을 얼마나 사랑하며 키웠는지를 기억하고 그 사랑이 인생을 살아가는 힘이 되고 용기가 되어 인생을 아름답게 살아가기를 바란다.

▌CONTENTS

제2부 할아버지와 손자가 공유하는 삶

제3부　추억을 만들어가던 시간들

제4부 떠날 준비, 보낼 준비를 하다

농장의
봄, 여름, 가을, 겨울

"주말이 되어 농장에 오면 지난 주말에 볼 수 없었던 새로운 꽃이 피어있고, 새로운 열매들이 영글어가는 것을 볼 수 있어 늘 새롭다. 봄에서 겨울을 향해 달리고 있는 시간의 열차가 주말마다 새로운 간이역을 지나고 있는 느낌을 가지게 된다. 할아버지가 손자와 함께 주말이면 시간의 열차를 타고 농장에 와서 사시사철 변하는 자연의 조화로움을 즐기고, 또 손자와 함께 씨앗을 뿌리고 가꾸고 거두고, 풀밭에서 메뚜기를 잡으면서 추억 만들기를 했던
그곳이 할아버지의 주말농장이다."

봄

여름

autumn

가을

겨울

winter

제1부

동심의 세계로
여행을 시작하다

2013년~2014년

손자가 농장에 처음 오던 날

첫째 손자 성규를 처음으로 농장에 데리고 왔다. 성규는 2011년 연말에 태어났고 오늘이 2013년 5월이니까 태어난 지 1년하고 반년이 지나가고 있는 때에 할아버지 농장에 온 것이다. 보통 이맘때가 되면 또래의 아기들은 말도 하고, 걸음마도 시작하는데 성규는 발육이 늦어 아직 말도 못하고 걸음마도 하지 못하고 있다. 걸음마를 시키기 위해 일으켜 세워도 한두 발짝 내딛다 주저앉아버리거나 몸에 익숙한 낮은 포복으로 기어 다니고 있다. 그래서 아빠 엄마는 마음을 졸이고 있는데 그때부터 농장에 오게 되었던 것이다.

이렇게 어린 손자를 할아버지 농
장에 데리고 온 것은 당초부터 할
아버지가 손자에게 아름다운 추억
거리를 만들어주기 위한 의도가 있
었던 것은 아니었다. 성규 아빠 엄
마가 직장과 관련한 시험준비를 해
야 하기 때문에 할머니가 아기를 떼
어주기 위해서 농장에 데리고 온
것이다. 그런데 그게 결과적으로 손
자가 할아버지와 함께 엮어가는 아
름다운 추억 이야기가 시작되었던
날로 기억되었다.

이러한 사유로 손자를 농장에
데리고 왔지만, 농장에는 아기들
이 가지고 놀 장난감이나 놀이시
설이 없고 6평짜리 컨테이너 하우
스밖에 없었다. 그래서 아직 제대
로 걷지도 못하는 아기를 데려다
놓으면 어떻게 놀아줄 것인가 하
는 것이 부담되었다. 그런데 막상
데려다 놓으니 손자는 잘 놀았다.
컨테이너 하우스 안에 데려다 놓
으니 먹다 남은 콜라병들을 장난
감처럼 가지고 놀았다.

　할아버지가 일을 하다 새참을 먹을 때는 할아버지 곁에 와서 할아버지와 말동무가 되
며 놀았다.

　또 야외 탁자 아래 깔아놓은 자갈은 도회지에서 볼 수 없었던 새로운 장난감이 되었
고, 소나무 아래 덱에 깔개를 깔아놓으니 거기가 놀이터가 되었다. 할아버지가 지어놓은
원두막에 올려놓으니 높은 곳에서 아래로 내려다보이는 새로운 볼거리가 있었다.

　당초 할머니는 농장으로 올 때 아이들 장난감을 챙겨오지 못해 아쉬워했는데 성규는
도회지에서 볼 수 없었던 새로운 세상에서 새로운 놀거리를 가지고 재미있게 하루를 보
내고 집으로 돌아왔다.

가족들이 설날을 농장에서 보내다

설날 연휴를 맞아 가족들이 농장에 왔다. 첫째 아들 가족과 아직 결혼하지 않은 둘째 아들도 함께 왔다. 농장에서 별미를 해먹기 위해, 오는 길에 새조개를 사고 털게도 사 가지고 왔다. 겨울 농장은 황량했지만, 겨울을 지내기 위해 임시로 지어놓은 비닐하우스 안은 포근했다. 비닐하우스 안에서 농장에 있는 시금치, 유채, 배추 등 야채를 뽑아 씻어서 온 가족이 새조개로 샤브샤브를 해먹고, 털게를 쪄서 먹었다.

첫째 아들 가족은 직장에 다니느라 바쁘
고, 둘째 아들은 서울에 살기 때문에 가족
이 함께 모이기 어려운데 설날을 맞아 함께
모여 맛있는 음식을 해먹으니 즐거웠고, 모
처럼 가족끼리 오순도순 대화를 나누며 여
유로운 시간을 가지니 즐거웠다.

아직 태어난 지 2년 1개월밖에 되지 않
은 손자 성규는 어른들 옆에서 스마트폰을
가지고 놀았고, 할아버지가 지어놓은 원두
막에 올라가 놀았다.

오늘날 치열한 경쟁사회에서는 좌우를 둘러볼 겨를이 없이 앞만 보고 달려가야만 하는데 때로는 좌우도 살피면서 가족끼리 여유로움을 즐기는 조화로운 삶을 생각해보게 된다. 문장에도 쉼표가 있어야 하듯이 우리들의 삶에도 쉬어가는 시간이 필요한 것이다.

할아버지는 부추를 베고 손자는 부추를 뽑고

농장에는 매화꽃이 만발하게 피어있었고 유채꽃도 피기 시작했다. 아름다운 꽃을 보여주고 싶은 할아버지는 손자를 안고 매화꽃이 피어있는 곳으로 갔다. 손자는 아직 어려서 꽃이 아름다운 것인지 알지도 못하겠지만, 할아버지 눈에 아름답게 보여 어린 손자도 아름답게 볼 것이라고 생각하며 보여주었다.

채소밭에는 부추가 파랗게 올라와 있었다. 할아버지는 여기에 고추를 심을 예정으로 부추를 베었는데 손자 성규가 들어와 부추를 뽑으며 놀았다.

할아버지는 다른 작물을 심기 위해 부추를 베어내고, 손자는 놀기 위해 부추를 뽑고 있었다. 목적이 있는 삶과 모방하는 삶은 다른 것이다.

표고버섯 종균을 넣다

채소밭에는 유채꽃이 활짝 피어 있었다. 할아버지는 아름다운 유채꽃밭에 손자를 세워놓고 사진을 찍어주었다. 유채꽃밭 옆 길섶에는 민들레꽃도 노랗게 피어있었다. 성규는 새로 보는 민들레꽃을 따며 놀았다.

할아버지가 일하는 동안은 컨테이너 하우스 안에서 놀게 했다. 성규 눈에 무당벌레가 날아와 방바닥에 기어가는 것이 보였다. 성규는 처음 보는 무당벌레를 잡았다 놓았다 하며 놀았다. 할아버지 농장에 오면 도회지에서 볼 수 없었던 새로운 볼 것도 있고, 친구 하며 놀 것도 있었다.

　할아버지는 참나무에 드릴로 구멍을 뚫어 표고버섯 종균을 넣었다. 방에서 놀고 있던 성규가 드릴 소리를 듣고 나와 할아버지가 일하는 모습을 지켜보았다. 어른들이 나무에 드릴로 구멍을 뚫어 종균을 넣는 것이 재미있게 보였던 모양이었다. "할아버지, 나도 하고 싶다." 하며 함께하자고 했다.

　할아버지는 버섯 종균을 성규 손에 건네주었다. 성규는 할아버지가 하는 것을 보고 구멍이 뚫린 곳에 표고버섯 종균을 넣었다. 아직 태어난 지 2년하고 3개월밖에 되지 않은 손자가 할아버지를 도우며 함께했다. 할아버지는 종균을 주입하는 일을 했고, 손자는 종균을 주입하는 놀이를 즐기며 함께했다

손자와 함께 심고 가꾸던 어느 봄날

농장에는 봄이 오고 있었다. 꽃밭에는 영산홍이 빨갛게 피어있었고, 풀밭에는 엉겅퀴 꽃이, 그리고 물웅덩이에는 노랑꽃창포도 보였다. 봄이 오면 농장에는 새 생명이 돋아나고, 아름다운 꽃이 피고 이와 함께 할아버지와 손자가 동행하는 삶도 새로 시작된다.

할아버지는 채소밭에서 상춧잎을 따고 모종 채소들을 옮겨심을 준비를 하고 있었다. 풀밭에서 놀고 있던 성규가 곁에 와서 함께하자고 했다. 아직 어린 손자와 함께할 일은 아니었지만, 손자와 놀아주며 함께했다.

먼저 고구마와 오이 모종을 옮겨 심고, 꽃밭에 화초도 함께 심었다. 할아버지가 구덩이를 파서 모종을 옮겨 놓으면 성규가 모종 주변으로 흙을 채우고 물을 주었다. 완두콩을 심을 때는 할아버지가 흙을 파서 골을 만들어주면 성규가 씨앗을 넣고 흙을 덮으면서 함께했다. 할아버지와 손자가 친구가 되어 소꿉놀이를 함께하였다.

직장을 은퇴하고 인생 후반부를 살아가다 보니 할아버지 주변의 많은 사람들이 떠나가고 있는데, 그 빈자리에 손자 성규가 들어서서 할아버지와 동행하며 새로운 삶을 살아가고 있다. 오늘 심은 오이와 완두콩이 꽃을 피우고 열매가 맺을 때 손자와 할아버지의 동행하는 삶도 많은 꽃이 피고 열매가 맺히기를 소망해 보았다.

풀밭은 놀이터 할아버지 호미는 장난감

농장에 오니 함박꽃이 새로 피어있었고, 민들레꽃은 벌써 홀씨가 되어 바람에 날아가고 있었다. 손자를 데리고 활짝 핀 함박꽃을 보여주고 홀씨가 되어있는 민들레 꽃대를 꺾어 입으로 불어 날려 보내며 성규에게도 해보라고 하였다. 성규는 할아버지를 따라 꽃대를 꺾어 입으로 불어 날려 보내며 놀았다. 아이들을 위한 장난감이 없어도 홀씨가 되어있는 민들레 꽃대가 장난감이 되었다.

할아버지가 고구마를 심기 위해 호미로 이랑 위에 골을 내었다. 성규도 호미를 가져와 잔디밭에서 땅을 파며 놀았고, 풀밭에 풀벌레가 기어가는 것이 보이면 풀벌레를 따라가며 놀았다. 또 채소밭에서 자라고 있는 양파 줄기가 도회지에서 볼 수 없었던 처음 보는 것이어서 양파 줄기를 손으로 만져보며 놀았다.

도회지에서는 어른들이 만들어준 놀이터가 없
으면 놀 수 있는 공간이 없고, 돈을 주고 산 장난
감이 없으면 가지고 놀 것이 없는데 할아버지 농
장에 오면 자연이 살아 숨 쉬는 풀밭이 놀이터가
되고 할아버지가 농사를 지을 때 사용하는 호미
가 장난감이 되고 있었다.

양파를 캐고 해먹을 타며 놀다

6월 초에 접어드니 고추, 가지, 오이 등은 열매가 열리기 시작하고 양파는 뽑을 때가 되었다. 할머니는 상추를 솎아내고 할아버지는 양파를 뽑았다. 성규는 할머니 옆에 와서 함께 놀았고, 또 할아버지가 양파를 뽑는 것을 보고 양파를 뽑으며 놀았다. 성규는 농장에 오면 껌딱지처럼 할아버지와 할머니를 따라다니며 논다. 유아들의 모방심리에서 그런 것이겠지만 할아버지는 손자가 옆에 와서 따라 하면 농사짓는 재미가 배로 늘어난다.

할아버지는 양파를 뽑아 소나무 아래 옮겨 놓고 줄기와 뿌리를 분리하는 작업을 하였다. 성규도 할아버지 곁에 와서 양파를 가지고 놀았다.

또 할아버지가 분리한 뿌리를 소쿠리에 담아 비닐하우스 안으로 옮기려고 하니 성규도 소쿠리를 함께 들고 가겠다고 했다. 손자와 함께 양파를 옮기는 것이 도움이 되기보다 방해가 되지만 손자와 함께 하는 재미는 있었다.

오전에 예정된 일을 마치고 나니 오후에는 여유가 있었다. 성규와 놀아주기로 하고 농장에 날아다니는 잠자리 한 마리를 잡아주었다. 성규는 새로 보는 잠자리의 꼬리 부분을 잡고 신기한 듯 살펴보며 놀았다. 그리고 아직 감자를 캘 때는 아닌데 손자에게 농사 체험을 시켜주고 함께 놀아주기 위해 감자를 몇 포기 캤다. 성규는 아직 어려서 감자가 삶아 먹는 것인지도 모른다. 하지만 할아버지가 호미로 감자를 캐어 성규 손에 쥐어주면 새로 보는 감자를 장난감처럼 가지고 놀았다.

아직 6월인데 오후가 되니 날씨가 더웠다. 할아버지는 소나무 그늘 아래 해먹을 달아 성규와 함께 타고 놀아주었다.

성규는 도회지에서 타볼 수 없었던 해먹을 처음 타보고 마음대로 뒹굴며 재미있게 놀았다.

어린 손자가 없으면 해먹을 타는 것에 할 아버지는 관심이 없을 터인데 손자가 재미 있게 타고 노는 모습에 할아버지 할머니도 함께 타며 재미있게 놀았다.

손자의 즐거움이 할아버지와 할머니의 즐거움이 되는 세상에 우리 부부는 살아가고 있다.

감자를 캐고 오이를 따다

 할아버지는 감자를 캐기 위해 호미를 들고 나섰다. 성규도 할아버지를 따라나섰다. 할아버지는 감자를 캐기 위해 나섰고, 성규는 할아버지와 놀기 위해 따라나섰다. 아직 어린 성규는 농장에서 할아버지가 하는 일이라면 일거수일투족을 다 따라 하고 있다.

할아버지가 호미로 흙을 파면서 감자를 캤다. 성규도 옆에서 호미로 감자를 캐며 놀았다. 할아버지는 사람이 먹기 위해 감자를 캤는데 성규는 할아버지를 따라하는 재미로 감자를 캤다. 할아버지가 캔 감자를 그늘에 말리기 위해 소쿠리에 담아 들고 나왔다. 할아버지가 일어나는 것을 보고 성규도 일어나 할아버지보다 앞에 서서 걸어 나왔다.

성규 눈에 할머니가 깻잎을 따는 모습이 보인 모양이다. 성규도 할머니 곁에 가서 깻잎을 따보겠다고 했다. 할머니는 가위를 손자에게 건네주었다. 어린 손자는 어른들처럼 한 손으로 가위질하기에는 손이 너무 작았고 가위가 너무 컸다. 한 손으로 가위질이 안 되니까 두 손으로 가위를 잡고 가위질을 하면서 깻잎을 땄다. 그리고 할머니가 딴 오이와 방울토마토를 소쿠리에 옮겨 담았다.

점심 때가 되었다. 할머니는 농장에 오면서 사 가지고 온 김밥을 성규에게 먹였다. 상도 차리지 않고 소나무 아래 자갈밭에 펼쳐놓고 할머니가 먹여주고 손자가 받아먹었다. 옛날 시골에서 농사를 짓는 농부들은 논두렁에서 점심을 펼쳐놓고 먹었는데 우리 손자는 소나무 그늘 아래 자갈밭에서 옛날 농부처럼 점심을 먹고 있었다.

앞만 보고 달려가는 삶에는 주변의 아름다움은 보이지 않는다. 여유로움을 가지고 느리게 살아갈 때 보이게 되는 것이다. 농장에 와서 일만 하려는 사람에게는 어린 손자가 방해꾼이 될 것이다. 하지만 일이 더디더라도 여유를 가지고 손자와 놀아주면서 하면 새로운 즐거움이 보이고 삶의 아름다움이 보이는 것이다. 인생후반부를 살아가는 할아버지에게 손자는 친구이자 인생의 동반자이다.

쪽파를 심은 후 방울토마토를 따 먹다

초여름이 되어 농장에 오면 주말마다 열매채소들이 열려있고 따게 된다. 그리고 심을 것도 있으면 철에 따라 심게 된다. 오늘도 할아버지와 손자는 쪽파를 심기 위해 작업복을 갈아입고 함께 나섰다. 할아버지는 일을 하기 위해 나섰고, 손자는 할아버지와 놀기 위해 따라나섰다. 쪽파를 심기 전 고추밭에 가서 탄저병이 들었는지 살펴보았다. 손자도 따라와 쪼그려 앉아 함께 살펴보았다. 할아버지와 손자는 둘 다 고추를 살펴보고 있었는데 눈으로 보고자 하는 것은 달랐다.

할아버지는 쪽파를 심기 위해 호미로 골을 파고 적당한 간격으로 종자를 넣었다. 성규도 하고 싶다고 해서 종자를 건네주었다. 종자에서 뿌리가 나오는 부분과 싹이 나오는 부분을 설명해주고 뿌리 부분이 땅에 닿도록 심으라고 했다. 성규는 할아버지가 시켜주는 대로 심긴 심었는데 할아버지가 이미 심어놓은 곳에 이중으로 종자를 심고 있었다. 종자를 심으려면 줄과 간격을 맞춰 심어야 하는데 성규는 종자를 심는 이유를 모르고 할아버지가 하는 대로 하다 보니 같은 곳에 이중으로 심게 되었다.

쪽파를 심은 다음 성규를 방울토마토가
열린 곳으로 데리고 갔다. 할아버지가 방
울토마토를 따서 손자 입에 넣어 주었더니
맛이 있었던 모양이었다. 한 개를 먹어본
후에는 욕심이 생겨 두 손 가득 방울토마
토를 따서 손에 쥐고 먹었다. 할아버지가
농사지어 생산한 방울토마토의 제일 큰 소
비자는 손자다. 그런데 그 손자가 오늘 맛
있게 따 먹고 있었고 할아버지는 손자가
맛있게 먹는 모습을 보면서 농사지은 보람
을 거두고 있었다.

　일을 마친 후에는 할머니가
물을 채워 임시 풀장으로 만들
어준 고무통에서 물놀이를 하
며 더위를 식히고 몸을 씻은 후
집으로 돌아왔다.

김장배추를 심던 날은

농장에는 여름이 지나가고 가을이 오고 있었다. 할아버지가 김장배추를 심고 있는데 성규가 할머니가 씌워준 밀짚모자를 쓰고 곁에 왔다. 처음에는 할아버지 옆에서 배추 심는 것을 구경하고 흙을 만지며 놀았는데 그게 재미가 없었던 모양이었다.

할아버지가 심는 배추를 "한번 심어보자."라고 했다. 배추 모종은 뿌리에 흙이 붙은 채로 조심해서 심어야 하는데 잘 못 다뤄 뿌리에 흙이 떨어지면 심어도 살지 못한다. 그래서 할아버지도 조심해서 다루면서 심고 있고, 어린 손자가 심을 일은 아니다. 그럼에도 불구하고 손자가 심고 싶어 하니 함께 심기로 했다. 할아버지가 심는 방법을 가르쳐주고 시범을 보여준 후, 모종을 한 개 뽑아서 주며 심어보라고 했다. 성규는

할아버지가 호미로 구덩이를 파놓은 자리에 모종을 넣고 할아버지와 함께 흙을 덮었다. 그리고 모종을 다 심은 모종판은 밖으로 갖다 놓으며 할아버지를 도왔다.

배추 모종을 옮겨 심은 후 할아버지는 성규에게 고추밭에 날아다니는 고추잠자리를 잡아주었다. 성규는 새로 보는 고추잠자리에 호기심이 생기면서도 잠자리가 파닥거리고 있으니 다른 한편으로는 물릴

까 봐 겁이 나기도 하는 것 같았다. 처음에는 적당한 거리를 두고 물끄러미 쳐다보고 있었고 잠자리가 더 이상 가까이 오지 못하도록 깻잎을 펴서 경계를 하였다.

할아버지는 전에도 잠자리를 잡아주었고, 성규는 손으로 꼬리를 만져본 적이 있어 성규의 경계를 무시하고 손으로 한번 잡아보라고 했다. 성규가 잡아볼까 말까

하고 망설이고 있는 것을 보고 할아버지는 성규의 손바닥 위에 잠자리를 놓아주었다. 성규는 고추잠자리에 물릴까 봐 소스라치게 놀라 울며 달아났다. 성규는 공포감에서 울며 도망을 갔는데 할아버지와 할머니는 그 모습이 재미있어 웃고 있었다.

고춧대를 뽑고 가을 파종을 준비하다

할아버지는 고춧대를 뽑고 있었다. 성규는 방울토마토가 열려있는 곳으로 가서 익은 것을 골라 따 먹고, 가지도 따서 고춧대를 뽑고 있는 할아버지 입에 넣어 주었다. 주말마다 할아버지를 따라온 성규는 이제 농장에 오면 달콤한 열매들이 어디에 열려있는지 알고 스스로 따 먹고 있었다.

　할아버지는 고춧대를 뽑아 세 발 수레에 실어 소나무 그늘 아래로 옮겼다. 그런데 손자 성규가 뒤따라와 할아버지 수레를 함께 밀었다. 어린 손자가 미는 것이 도움이 될 수 없겠지만 손자와 함께 하니 하는 일이 재미는 있었다.

　고춧대를 뽑아 소나무 그늘 아래 내려놓고 다시 빈 수레를 끌고 갔다. 이번에는 성규가 혼자서 밀고 가겠다고 했다. 아무리 빈 수레지만 어린 손자가 밀고 갈 수는 없었다. 할아버지는 무리인 줄 알면서 혼자 해보라고 하고 따라가 봤다. 결국 세발수레는 넘어졌고 할아버지와 함께 밀고 갔다.

  고춧대를 뽑은 자리에 다시 가을파종을 하기 위해 퇴비를 뿌렸다. 손자 성규도 함께하자고 했다. 잡초나 동물의 배설물 등으로 만든 퇴비를 어린 손자에게 뿌려보라고 할 수는 없었다. 그래서 할아버지는 퇴비를 뿌린 후 비어있는 빈 부대와 양동이 등을 밖으로 치우도록 시켰고 성규는 재미있게 갖다 날랐다.

오늘 일은 성규에게 다소 힘이 들었던 모양이었다. 일을 마치고 소나무 그늘 아래 멍하니 서 있는 모습이 그렇게 보였다. 그래도 재미는 있었던 것 같았다. 성규는 할아버지 휴대폰을 달라고 하더니 엄마한테 전화를 했다. "농장에 와서 달콤한 토마토도 따 먹고, 할아버지를 도와 수레도 밀었다."라며 자랑을 하고 있었다. 할아버지도 손자가 있어 오늘 하루를 재미있게 보냈다.

마늘을 심던 날

농장에는 코스모스가 활짝 피어있었다. 가을이 머물고 있는 것이었다. 이번 주말은 마늘을 심을 예정이다. 할아버지는 삽과 쇠갈퀴를 가지러 창고에 갔다. 손자 성규도 따라왔다. 농장에 오면 손자는 할아버지를 늘 따라다니고 일도 따라 한다.

마늘을 심기 위해 할아버지가 삽으로 땅을 팠다. 성규도 삽을 가지고 와서 땅을 파며 놀았다. 골을 내어 이랑을 만든 다음 쇠갈퀴로 흙을 잘게 부수며 고르고 있었다. 성규도 다시 쇠갈퀴를 가져와 이랑을 다듬는 놀이를 하고 있었다.

이랑을 만들어 비닐로 멀칭을 해놓고 점심을 먹었다. 오늘은 할머니가 가을철 별미로 왕새우와 홍합을 사 가지고 왔다. 소금에 구운 새우는 맛이 있었고, 홍합 국물도 시원하고 좋았다. 손자 성규는 새우가 맛이 있었던 모양이다. 구운 새우를 입에 넣어 먹으면서 할아버지가 껍질을 까고 있는 새우도 끌어당겨 제 입으로 가져가며 먹었다.

점심을 먹은 후에 마늘을 심었다. 할아버지가 마늘을 심는 동안 성규는 소쿠리에 담긴 마늘 종자를 가지고 놀았다. 종자를 가지고 노는 것이 재미가 없을 때는 마늘을 함께 심자고 했다. 할아버지가 심을 구멍을 파놓으면 마늘 종자는 성규가 넣고 흙을 덮었다.

마늘을 심고 나니 종자가 남았다. 할머니
가 남은 종자를 소쿠리에 담아 들고 나왔
다. 성규가 이것도 "함께 들자."고 했다. 할
머니는 앞에서, 성규는 뒤에서 소쿠리를 함
께 들고 나왔다. 마늘을 심은 다음 할머니
는 붉게 익은 고추를 땄다. 성규도 할머니를
따라 고추밭에 와서 고추를 따며 놀았다.

　농장에 오면 할아버지를 따라 다니며 함께 하자는 손자가 있어 농사일이 재미가 있다. 오늘도 성규는 종일 할아버지를 따라다니며 함께 일했다. 직장을 은퇴한 후에 할아버지가 옛날에 사귀던 사람들과는 점점 소원해지고 있는데 손자가 다가와 할아버지와 동행하며 살아가고 있다. 할아버지는 손자가 있어 주말농장에서의 일상이 재미있고 인생후반부의 삶이 즐겁다.

손자를 위해 나무 그네를 만들다

가을 파종을 마치고 나니 주말농장의 일도 끝나가고 있었다. 여가를 이용해서 손자가 타고 놀 나무 그네를 만들어주기로 했다. 먼저 이번 주말에 해야 할 농사일부터 챙겼다. 성규와 함께 채소밭으로 가서 무를 솎고, 솎은 무를 소쿠리에 담아 들고 나왔다. 성규는 할아버지가 들고 나오는 소쿠리를 밀며 할아버지와 함께 들고 나왔다.

무릎을 쉰 다음 본격적으로 나무 그
네를 만들기 시작했다. 할아버지는 화
이트칼라로 사무실에서 근무하다 보니
만들어본 경험이 없었다. 그럼에도 불
구하고 DIY를 즐기는 재미로 도전을
해봤다. 인터넷을 통하여 남들이 만들
어놓은 것을 살펴보고, 머릿속으로 작
업 구상을 해두고 방부목과 피스 등을
사 가지고 왔다.

먼저 양쪽에 세울 삼각기둥을 만들
기 위해 방부목을 잘라 맞추고 있는데
손자 성규가 옆에 와서 따라 하고 있었
다. 어른들이 방부목을 잘라 조각을 맞
춰 보면 성규도 방부목 조각을 가져와
옆에 붙이면서 놀았다.

할아버지가 방부목을 연결하기 위해
망치로 못질을 하면 성규도 망치를 가
져와 두들기며 놀았고, 적당한 크기로
자르기 위해 목재를 줄자로 재어보면 성
규도 줄자로 아무 데나 재어보고, 목재
를 자르거나 피스를 박기 위해 매직펜
으로 표시를 해두면 성규도 매직펜을
가져가 마음대로 선을 그으며 놀았다.

그런데 문제는 할아버지가 사용하던 공구를 성규가 가져가면 돌려주지 않는다는 것이다. 옆에 둔 망치가 없어 찾다 보면 성규가 가져가 놀고 있었다. 사용하던 매직펜이 없어 둘러보면 성규 손에 매직펜이 있었다. 그리고 할아버지가 가져오라고 하면 손자는 공구를 가지고 도망을 가는 것이었다. 성규 눈에는 할아버지가 사용하는 작업용 공구들이 모두 장난감으로 보였고, 그래서 뺏기지 않으려고 도망을 가는 것으로 이해가 되었다. 그게 어이가 없으면서도 손자가 귀엽고 재미가 있었다.

아무 경험이 없이 도전하다 보니 많은 시행착오를 거치기도 했지만 해가 질 녘에는 나무 그네를 완성할 수 있었다. 할아버지는 나무 그네를 만들며 성취감을 느꼈고, 손자가 옆에 있어 재미가 있었다. 나무 그네를 완성한 후 뿌듯한 성취감에 손자와 함께 그네를 타보고 할머니도 성규와 함께 그네를 타며 기념촬영을 해두었다.

making a swing

농사 마무리로 양파를 심던 날

가을 파종도 끝나는 무렵이 되니 마음이 느긋했다. 바쁜 일도 없어 농장 오는 길에 손자 성규와 계곡에 들러 놀다가 오후 늦게 농장에 와 지난 주말에 심다 모종이 모자라 중단했던 양파를 마저 심었다. 손자 성규가 함께 심고 싶다고 해서 함께 심었다.

할아버지가 모종을 하나 건네주면서 할아버지처럼 심으라고 했다. 모종은 뿌리가 땅에 박히게 심어야 하는데 성규는 모종을 거꾸로 쥐고 이파리가 있는 부분을 땅에 꽂으려 했다. 할아버지를 단순히 따라 할 뿐이지 식물이 자라는 원리를 모르니 뿌리 부분과 이파리 부분이 구분되지 않았던 것 같았다.

양파를 심은 후 농기구를 챙겨 창고에
가져다 넣었고, 할머니는 멀칭하고 남은 비
닐을 다시 말아서 들고 나갔다. 성규는 할
머니가 들고 가는 비닐 뭉치의 뒷부분을
잡고 따라갔다. 할머니가 앞장서고 성규는
뒤에서 잡고 따라갔다. 농기구를 챙기며
일을 하는 할머니와 할머니를 따라 놀이를
하는 손자가 함께 걸어갔다.

일을 마치고 나니 해가 지고 있었다. 집
에 가져갈 상추를 솎아야 했는데 날이 어
두웠다. 할머니가 휴대폰으로 플래시를 비
춰주고 할아버지는 상추를 솎았다. 성규가
옆에서 지켜보고 있더니 플래시 비추는 것
은 자기가 하겠다며 할머니에게서 받아 할
아버지를 비춰주었다.

가을걷이를 하며 무를 뽑다

농장에는 가을이 가고 겨울이 오고 있었다. 얼음이 얼기 전에 무를 뽑아야 했다. 할아버지는 성규와 함께 무를 뽑았다. 그런데 아직 어린 성규에게 무는 잘 뽑히지 않았다. 할아버지는 무의 뿌리 부분을 흔들어놓고 성규에게 뽑아보라고 했다.

무를 뽑은 후 손자와 배추벌레를 잡았다. 아직 태어난 지 만 3년이 되지 않은 어린 손자는 배추벌레가 어떤 것이며 왜 잡아야 하는지 모를 것이다. 하지만 젊은 엄마들이 선행교육을 시키듯 할아버지는 주말농장을 가꾸며 손자에게 선행교육을 시키고 있었다. 배추 잎을 뒤지고 있는데 마침 무당벌레가 기어 다니는 것이 보였다. 할아버지는 무당벌레를 잡아 손자 손에 얹어주며 놀았다.

다음 주말에 김장배추를 뽑으면 한 해 농사는 끝이 난다. 지난 한 해를 되돌아보니 손자로 인해 할아버지의 삶이 아기자기한 재미가 있었다. 지난 한 해 동안 식물을 가꾸면서 많은 수확물을 거두었지만 진정 할아버지가 거둔 것은 손자와 주말농장에서 가꾼 아름다운 이야기들이 아닐까 하는 생각이 들었다.

겨울농장에 와 보니

식물들의 생육활동이 멈춰버린 겨울농장은 황량했다. 할아버지와 손자는 지난여름의 흔적들을 둘러봤다. 고춧대에는 익어가던 중 말라버린 고추들이 달려 있고, 꽈리 줄기에는 빨간 꽈리가 익은 그대로 말라 있었다.

비닐하우스 안으로 가봤다. 상추를 심고 비닐로 덮어둔 이랑에는 상추가 아직 살아있었다. 겨울 동안 얼어 죽지 않도록 비닐하우스 안에 다시 비닐로 터널을 만들어 이중으로 덮어두었더니 얼지 않고 자라고 있었던 것이다. 할아버지는 비닐을 벗기고 상추와 함께 자라고 있는 잡초를 뽑아주었다. 그런데 성규는 상추와 잡초를 구별 못 하고 상추도 뽑고 있었다.

앙상한 감나무 가지에는 따다 남겨두었던 작은 감들이 몇 개 달려 있었다. 할아버지는 사다리를 타고 올라가 추위에 '얼었다, 녹았다'를 반복하며 홍시가 되어있는 감을 따서 성규에게 주었다. 성규는 홍시가 달콤하고 맛이 있었던 모양이었다. 직접 사다리를 타고 올라가 감 홍시를 따 먹으며 놀았다.

주말을 이용하여 농사를 짓는 할아버지는 지난봄부터 가을까지 심고 가꾸고 거두며 늘 분주하게 살아왔는데 겨울이 되니 식물들이 사멸하거나 생육 활동을 멈춰버렸다. 젊은 시절부터 앞만 보고 분주하게 살아왔는데 더는 달려갈 곳이 없는 할아버지의 삶이 여기와 머물고 있을까 하는 생각이 들었다.

제2부

할아버지와 손자가 공유하는 삶
2015년~2017년

할아버지를 따라 삽질을 해보려는데

농장에는 봄이 오고 있었다. 할아버지는 과수원에 퇴비를 넣는 것으로 봄 농사를 시작했다. 할머니와 놀고 있던 성규가 할아버지가 일하는 것을 보고 옆에 왔다. "할아버지 나도 하고 싶다."라고 하며 삽을 달라고 했다. 이제 4살이 조금 지난 손자가 삽질을 할 수는 없다. 그럼에도 불구하고 할아버지는 손자에게 한 번 해보라고 삽을 하나 건네주었다.

성규는 삽이 제 키보다 크고 무거워 들기에도 버거운데 할아버지처럼 발을 얹어 땅을 팔 수가 없었다. 옆에서 지켜보던 할아버지는 파놓은 흙을 손자의 삽 위에 얹어주었다. 손자는 흙이 얹힌 삽을 두 손으로 들어 올리려 했으나, 무거워 들어 올리지 못하고 결국 옆으로 기울여 그 자리에 쏟아버렸다. 무지무외(無知無畏)라는 말이 있다. 아직 어려서 불가능을 모르고 두려움이 없기 때문에 용감한 손자의 도전 정신(?)을 보게 된다.

오후가 되니 날씨가 많이 풀렸다. 할머니가 새참으로 내어놓은 딸기를 먹은 후 할아버지는 감자 심을 준비를 하고 성규는 할머니와 그네를 타며 놀았다. 할머니는 손자를 나무 그네에 앉혀놓고 여러 가지 모습으로 포즈를 취하게 하며 많은 사진을 찍어주었다. 오늘은 단순한 일상에 지나지 않겠지만 먼 훗날이 되면 어릴 적의 사진 한 장이 많은 추억을 이야기해줄 것으로 믿고 찍어준 것이다.

당초에 할아버지가 이 농장을 마련할 때는 직장을 은퇴한 후 제2의 인생을 영감 할멈이 조용히 살아가기 위해 마련했다. 그런데 주말에 손자를 데리고 오다 보니 할아버지와 손자가 아름다운 추억을 새로 엮어가는 공간으로 바뀌어 가고 있다.

상추와 쑥갓 씨앗을 뿌리며 봄 농사를 시작

농장에는 봄기운이 완연하다. 매화꽃이 피기 시작하고, 노란 산수유 꽃도 보였다. 할아버지는 이번 주말에 상추와 쑥갓 씨앗을 뿌리기로 하였다. 무엇을 처음 시작한다는 것은 가슴 설레는 일이다. 씨앗들을 뿌려놓으면 새로운 내일에 대한 꿈을 가꾸며 살아갈 수 있기 때문이다.

할아버지는 호미로 이랑을 파서 상추 씨앗을 뿌리고 있었다. 손자 성규도 호미를 들고 땅을 파며 놀았다.

혼자서 호미질만 하다 보니 재미가 없었던 모양이다. 농기구를 걸어놓은 창고로 가더니 할아버지를 불렀다. 손자가 불러서 갔더니 벽에 걸려있는 삽을 내려달라고 하였다. 할아버지는 손자의 요구대로 삽을 내려주었다. 할아버지는 일을 하고 있는데 옆에서 손자는 무거운 삽을 들고 와 흙을 파며 놀았다. 할아버지는 씨앗을 뿌리기 위해 땅을 팠고 손자는 놀기 위해 땅을 파고 있었다.

봄이 오는 것을 보고 할아버지와 손자는 함께 동행하는 삶을 다시 시작하며 상추와 쑥갓 씨앗을 뿌려두었다.

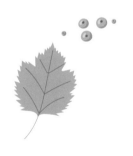

『맘앤앙팡』지 기사에 올릴 사진들

나이가 들어가면서 할아버지는 인생의 유한함을 느끼게 된다. 손자 성규와 함께 동행하는 삶도 언젠가는 종착역에 도착하게 될 것을 생각하게 된다. 손자는 계속 열차를 타고 가겠지만, 할아버지는 어느 역엔가 도착하면 내리게 될 날도 올 것이다. 할아버지가 열차에서 내릴 때를 대비하여 손자에게 건네줄 그 무엇을 준비하게 되었다.

대부분의 할아버지들이 준비하는 유형의 재산이 아니라 아름다운 기억을 손자에게 유산으로 물려주고 싶었다. 유형적인 재산은 언젠가는 소멸되겠지만 할아버지와 손자가 이 땅에서 함께 머물며 엮어왔던 아름다운 기억들은 세월이 흐르면 흐를수록 더욱 귀하고 보석과 같이 빛날 것이기 때문이다.

그래서 2015년 2월에 『먼 훗날 손자에게 들려줄 할아버지의 육아 일기』라는 제목으로 손자 성규를 키우며 기록했던 사진과 일기들을 모아 책으로 엮었다. 할아버지가 쓴 책을 읽어보고 월간지 육아 매거진 『맘&앙팡』 기자분들이 서울서 내려와 농부 할아버지에 대하여 취재를 하고 『맘&앙팡』 5월호 146페이지에서 149페이지(4면)에 걸쳐 「육아 일기 쓰는 농부 할아버지」라는 제목으로 기사가 게재되었다.

　기자와 인터뷰하고 월간지에 사진을 올리기 위하여 그 당시 찍었던 사진들을 정리했다. 지금까지 찍어둔 사진은 할아버지와 손자가 농장에 와서 함께 놀고, 함께 일하는 모습을 할머니가 단지 일상의 기록을 남기기 위해 스냅으로 찍은 사진들이 대부분인데 이번에는 독자들에게 할아버지와 손자의 아름다운 모습을 보여주기 위해 찍었다.

　농장에는 마침 노란 유채꽃이 활짝 피어있어 할아버지와 손자가 동행하는 삶이 유채꽃처럼 아름답게 보여지기를 바라며 유채꽃밭에서 사진을 찍었고, 감자를 심어놓은 이랑에 땅거미가 기어가는 것이 보여 손자에게 보여주는 사진을 찍었으며, 농장에 오면 손자가 할아버지를 따라 삽질을 하고 쇠갈퀴로 이랑을 고르며 따라 하는 일상들을 사진으로 찍었다.

육아일기 쓰는
농부 할아버지

부산에 사는 이상인 할아버지는 농부다.
(참시 세메)처럼 몸을 쉬지 않는 성실한
농부다. 누군가에게는 은퇴 후 동병을 일구며
받으로부터 배운 조화로운 삶의 가치를 들려주는
피워블로거이고, 손주 성규와 실하에게는
내리사랑만 하는 '우리 할배'다.

자연이 선생이다

"농사 지어본 적 있어요? 밭에 씨나 모척을 심으면 사과가 열릴 것 같아요? 그렇지 않더라고요. 건강한 나무도 잎은 속에서는 열매를 못 맺어요. 과수나무는 제대로 된 열매를 맺으려면 지 경상 3~4년을 기다려야 하고, 포대자나 리워운 4~5년이 지나야 뿌리가 굳습니다. 열매를 모과의 작물에나 고유한 특성을 살려야 하고 무리하게 참으른 속수여야 기다려야 해요. 작지 기우는 것과 똑같아요, 사람도 유아기 때 특별한 관심과 정성이 필요하고 ...

이상인 할아버지의 발밭에 붐이 무지다. 작두나무와 복숭아나무는 ...

이상인 할아버지께서 아내와 함께 마신하고 발일이 급으상 아래 ...

농작물도 아이처럼 키우는 만큼 자란다

"농사가 체이라고 해, 해말을 나 가끔 꽃 좋았는데, 그래봐 그 아이와 이들을 넣어의 마음이 참반해지는듯, 사실 내 ...

사람하면 기록하라

"할아버지나 농사 기부 전원생활을 하니 이웃들이나 ...

> 손주가 성장하면서
> 때로 흔들리기도 할 땐데 제가 쓴
> 손주일기를 보고 다시 제자리로
> 돌아오길 바랍니다.

청년 이후의 삶을 고민하는
아빠를 위한 이야기

아이 키우기가 힘든
젊은 일이들을 위한 이야기

둘째 손자 성하도 농장에 데려오다

2015년 8월 15일 광복절 공휴일에 둘째 손자 성하도 처음으로 농장에 데려왔다. 성하는 2014년 3월에 태어났으니 태어난 지 1년 6개월이 채 되지 않을 때 할아버지 농장에 온 것이다. 할아버지는 당초에는 가을 파종을 준비할 예정이었는데 날씨가 너무 더워 다음 주말로 미루고 처음으로 농장에 온 성하와 놀아주기로 했다.

그런데 성하는 첫째 손자 성규처럼 할아버지와 함께 농사일을 따라 하거나 농장에서 뛰놀며 놀기에는 아직 이르다.

그래서 일단 할머니가 성하를 데리고 놀아주기로 하였다. 할머니는 성하 손을 잡고 나무 그네를 태워주고, 또 원두막에 올라가 시원한 수박도 먹여주고, 낮잠도 재우며 성하와 함께 하루를 보냈다.

성하는 아직 어려 걸음마를 겨우 떼는 시기에 할아버지 농장에 왔다. 하지만 할아버지는 오늘 성하가 농장에 처음으로 온 것이 할아버지와 손자들이 엮어가는 주말 농장 이야기에 새로운 전기가 될 것으로 생각되었다. 지금까지 첫째 손자 성규와 함께 이 농장에서 아름다운 추억 만들기를 하며 지냈는데 둘째 성하가 옴으로써 더욱 아기자기한 추억들이 많이 생겨날 수 있을 것을 기대했다.

가을농장에서 손자들과 보낸 하루

2015년 10월이다. 농장에는 가을이 머물고 있었다. 여름에 녹색이었던 산등성이에는 울긋불긋 단풍으로 물들어 가고, 풀밭에는 메뚜기들이 뛰어놀고 있었다.

오늘은 양파를 심기 위해 농장에 왔다. 아이들과 농장을 돌아보고 있는데 풀밭에서 메뚜기가 뛰었다. 할아버지는 얼른 메뚜기를 잡아 성규에게 보여주며 손으로 잡아보라고 하였다. 성규는 처음 보는 메뚜기를 보고 물릴까봐 경계를 하면서 한편으로는 호기심이 있어 조심스럽게 메뚜기 뒷날개를 잡아보았다.

할아버지는 채소밭으로 가서 마늘을 심고, 할머니는 손자들과 함께 나무 그네를 타며 놀아주었다. 그리고 방울토마토가 열린 곳으로 데리고 가서 토마토를 따 먹도록 해주었다. 성규와 성하는 한동안 방울토마토를 따 먹고 놀았다. 그런데 성규 눈에는 양파를 심는 할아버지가 보였던 것 같았다.

할아버지 곁으로 와서 양파를 함께 심자고 했다. 성규는 지난가을에도 양파를 심어보았지만 잘 모를 것 같아 양파 심는 방법을 다시 가르쳐주면서 손자와 함께 양파를 심었다. 성하는 아직 어려서 양파를 심는 데는 관심이 없고, 양파 심을 이랑을 짓밟으며 돌아다녔으며, 처음 보는 빨갛게 익은 파프리카를 따서 가지고 놀았다.

  손자들이 할아버지 농장에 오면 메뚜기가 놀잇감이 되고, 할아버지가 농사지어 달려 있는 방울토마토가 간식거리가 된다. 또 양파를 심는 일도 할아버지와 손자가 함께 하는 놀이가 된다. 농장에 오면 언제나 할아버지와 손자들이 함께 공유하는 삶이 있다.

무당벌레를 잡아 놀고 해먹을 타고 놀다

농장 오는 길에 보니 삼랑진읍에는 오일장이 서고 있었다. 시장구경을 하기 위해 차에서 내렸다. 시골 시장에서는 도회지에서 느껴볼 수 없는 고향의 향수 같은 것이 느껴졌다. 성규와 성하는 뻥튀기를 사달라고 해서 하나씩 입에 물려주었다. 할아버지도 어릴 적 어머니를 따라 찐빵을 사서 입에 물고 따라 다녔던 기억이 났다.

농장에 도착하여 손자들은 컨테이너 하우스 안으로 들어가 놀았다. 방 안에는 무당벌레 한 마리가 기어가고 있는 것이 보였던 모양이다. 첫째가 먼저 발견하고 잡아 가지고 놀았다. 둘째도 무당벌레를 가지고 놀고 싶어 했다. 무당벌레 한 마리를 두고 서로 가지고 놀려고 다투는 사이 무당벌레는 바깥으로 날아가 버렸다.

　"닭 쫓던 개 지붕 쳐다보는 격"이 되어버
린 아이들은 머쓱해 있었다. 아이들 보기
가 안쓰러워 할아버지는 기분전환을 시켜
주기로 했다. 아이들에게 해먹을 태워주기
로 하고 소나무 아래로 데리고 갔다. 소나
무 아래 덱에는 솔방울과 솔잎들이 떨어져
깔려있었다. 아이들은 새로 보는 솔방울과
낙엽이 된 솔잎들을 모으며 놀았다.

　아이들이 노는 동안 할아버지는 해먹을
설치하고 아이들을 태워주었다. 조금 전
무당벌레 한 마리를 두고 서로 다투던 때
와는 달리 오손도손 장난도 치며 재미있게
놀았다. 때로는 싸우기도 하고, 때로는 다
툴 때도 있지만 금방 사이좋게 놀고 있는
아이들의 모습에서 할아버지는 천국을 보
고 있었다.

완두콩을 따다 나비를 잡으러 가고

아이들은 농장에 와서 할아버지가 만들어놓은 나무 그네를 타고 놀았다. 동생 성하는 그네를 타고 형 성규는 뒤에서 밀어주며 놀았다. 꼬마 형제들이 하나는 타고, 하나는 밀어주면서 노는 모습이 참 보기에 좋았다. 자라서 어른이 되어도 서로를 밀어주는 형제애가 계속되기를 할아버지는 소망해 보았다.

그네를 타고 놀던 아이들이 이번에는 풀
밭으로 뛰어다니며 놀았다. 성하 눈에는
잡초 사이에 저절로 자라서 익은 딸기가
보였던 모양이었다. 뛰어놀던 성하는 잠시
멈추고 빨갛게 익은 딸기를 찾아 따 먹고
있었다.

아이들이 농장에서 노는 동안 할아버지는 완두콩을 땄다. 풀밭에서 놀던 성규가 할아버지 옆에 와서 "할아버지, 나도 하고 싶다."라며 응석을 부렸다.

완두콩을 잘 못 따면 뿌리가 뽑히고 줄기가 꺾인다. 그리고 어린 성규는 알이 찬 것과 덜 찬 것을 구별할 줄도 모른다. 할아버지는 어린 손자에게 완두콩 따는 것을 맡길 수 없었다. 할아버지는 완두콩을 따서 땅에 떨어뜨려 놓고 성규에게 소쿠리에 담으라고 했다. 성규는 손에 쥐고 있던 로봇을 자동차로 변신시켜 그 위에 완두콩을 실어 소쿠리로 옮기며 놀았다. 할아버지와 손자는 완두콩을 따면서 소꿉놀이를 하고 있었다.

완두콩을 따며 놀고 있는데 성규 눈에는 채소밭에 나비가 날아가는 것이 보였던 모양이다. 로봇에 실어 놀던 완두콩을 팽개치고 나비를 잡으러 갔다. 할아버지가 애써 가꾸고 있는 채소들을 짓밟고 망가뜨리며 나비를 쫓아가고 있었다. 그래도 나비를 잡으려는 손자의 모습이 보기에 좋아 할아버지는 내버려두었다.

아이들이 도회지에 살면 학교와 학원에서 짜놓은 시간표에 구속되어 지내는데 농장에 오면 모든 것이 자유롭고 하고 싶은 것을 하면서 논다. 할아버지의 농장이 아이들에게 자유의 공간이자 삶의 에너지를 재충전하는 공간이 되고 있었다.

산딸기를 따고 양파도 수확하다

농장에는 산딸기가 익어있었다. 손자들과 함께 산딸기를 땄다. 아이들이 키가 작아서 손이 미치지 못하면 할아버지가 가지를 젖혀서 딸 수 있도록 해주었다. 첫째는 할아버지가 시킨 대로 산딸기를 따서 소쿠리에 담았는데, 둘째는 소쿠리에 담지 않고 바로 입으로 가져가 먹고 있었다. 할아버지가 산딸기를 심은 것은 아이들이 산딸기 따는 재미와 먹는 재미를 보여주려고 심었다. 그런데 첫째는 따는 재미를 즐기고 둘째는 먹는 재미를 즐기고 있었다. 할아버지는 심고 가꾼 보람을 거두고 있었다.

산딸기를 딴 다음 할아버지는 개울가에서 개구리를 잡아 고무통에 물을 붓고 넣어주었다. 아이들이 개구리가 헤엄치는 것을 보며 놀게 하고 할아버지는 지난 주말에 따고 남은 완두콩을 따고 양파를 뽑았다.

조금 있으니 성규가 할아버지 곁에 와서 함께 하자고 해서 완두콩을 함께 땄다. 또 양파를 뽑아 소나무 그늘 밑에 옮겨 놓고 뿌리와 줄기를 분리하고 있었는데 이것도 함께하자고 했다. 할아버지는 성규에게 양파 줄기를 잡도록 하고 가위로 줄기와 구근을 분리하여 잘랐다.

둘째 성하는 아직 할아버지 하는 일에는 관심이 없어 잔디밭에 개미가 기어가는 것을 보며 놀았고, 나무 그네를 타며 놀았다. 할아버지는 아이들과 함께 산딸기를 따고 다른 여러 가지 수확을 했는데 할아버지는 아이들에게 추억 만들기를 해준 것이 제일 큰 수확으로 생각되었다.

고추를 묶어주고 감자를 캐다

할아버지는 채소밭에 자라고 있는 잡초를 뽑고, 고추를 지지대에 묶어주었다. 초여름 더운 날씨에 오랫동안 엎드려 일을 하다 보니 허리도 아프고, 하는 일이 지겹게 느껴졌다. 조금 쉬었다 할까 하고 있는데 성규가 옆에 와서 할아버지와 함께 하자고 했다.

할아버지가 하는 힘든 일이 손자의 눈에는 재미있는 놀이로 보였던 모양이다. 일하는 것과 쉬는 것의 경계는 사람이 생각하기 나름에 따라 다른 것 같다. 음악이나 미술, 혹은 요리, 운동 같은 것도 취미로 하면 휴식이 되고 프로가 되어 직업으로 하면 일이 되는 것이다.

　조금 쉬었다 하고 싶었는데 손자가 같이하자고 하니 하던 일을 계속했다. 손자와 함께 고추를 지지대에 묶어주고, 감자도 캐고, 블루베리도 땄다. 또 나무 그네도 태워주면서 놀아주었다. 할아버지가 하는 일은 '하지 않으면 안 되는 힘든 노동'이었는데 손자와 함께 하니 '하고 싶어서 하는 재미있는 놀이'가 되고 휴식이 되었다.

　성규 눈에는 할머니가 보리수를 따는 모습이 보였던 것 같았다. 할아버지와 놀던 성규는 할머니가 보리수를 따는 곳으로 가서 보리수를 따며 놀았다. 손자는 인생후반부를 살아가는 할아버지 할머니에게 일상의 비타민이 되고 있었다.

방아깨비를 잡으며 놀다

농장에는 가을이 오고 있었다. 하늘에는 고추잠자리가 날고 꽃밭에는 메리골드가 피고 있었다. 손자들과 함께 메뚜기를 잡으러 나섰다. 풀밭을 돌아다니면 메뚜기들은 놀라서 여기저기서 뛰고 있었다. 할아버지가 메뚜기를 잡아주면 성규와 성하는 메뚜기들을 잡아 채집통에 넣었다.

메뚜기 중에는 방아깨비도 있었다. 할아버지는 방아깨비를 잡아 손자에게 보여주었다. 방아깨비는 뒷다리를 잡으면 디딜방아처럼 위아래로 끄덕여 방아깨비라고 부른다며 이름의 유래도 설명해주었다. 그리고 성규에게 방아깨비 뒷다리를 직접 잡아보라고 했다. 그런데 성규는 겁이 나서 엉거주춤하게 쥐어 제대로 방아 찧는 모습은 볼 수 없었다.

할아버지 혼자서 메뚜기를 잡으면 재미가 반감될 것 같아서 아이들에게 직접 메뚜기를 잡아보라고 하였다. 아이들은 매미채로 풀밭을 돌아다니며 풀무치, 섬서구메뚜기, 여치 등을 잡아 채집통에 모으며 놀았다. 그리고 둘이서 방울토마토밭에 가서 방울토마토를 따서 소쿠리에 담아와 소나무 밑 그늘에서 함께 나눠 먹었다.

아이들이 노는 동안에 할아버지는 김장배추를 옮겨심고 무 씨앗도 뿌리고 있었다. 성규가 어느새 할아버지 곁에 와서 같이 하자고 했다. 이전에도 할아버지를 따라와 배추를 심어봤던 성규는 이제 배추를 심는 것은 할아버지가 역할을 부여하면 어느 정도 할 수 있다.

배추를 옮겨심는 과정은 먼저 구덩이를 파고, 그다음에 구덩이에 물을 붓고, 물을 부은 구덩이에 배추 모종을 옮겨 넣고, 흙을 채우면 되는 것이다. 올해는 성규에게 물을 붓는 역할을 시켰는데 잘하고 있었다. 호스를 당겨와 밸브를 잠글 때는 잠그고 열 때는 열어 물 조절을 잘하면서 물을 주었다. 그리고 무 씨앗도 함께 심고 싶다고 해서 함께 땅에 뿌려 두었다. 인생 후반부를 살아가며 주말농장을 일구는 할아버지의 삶을 손자가 미리 배우고 있었다.

KBS의 「다큐공감」에 출연하다

 ◆ 출연 제의를 받다

  할아버지는 할머니와 함께 손자들을 키우면서 먼 훗날에 손자들에게 들려주기 위하여 손자의 사진과 육아 일기를 블로그에 올려 기록을 해두고 있다. 그런데 KBS의 「다큐 공감」이라는 방송프로에 종사하는 사람들이 블로그를 보고 출연을 제의해왔다. 성규 할머니는 개인의 사생활이 노출되는 것이 부담스럽다며 사양을 했는데 어느 날 방송 작가와 PD 등 관계자 세 분이 서울서 내려와 성규 할머니를 설득한 끝에 승낙을 받아 출연하게 되었다.

  할아버지가 방송에 출연하기로 한 것은 우리가 찍는 프로가 KBS에서 주말인 토요일 저녁 7시에 50분 동안 방영될 정도로 비중 있는 프로이고 또 이러한 촬영물이 먼 훗날 손자들에게는 소중한 선물이 될 수 있을 것 같아서 출연하게 되었다. 그리고 이러한 방송을 통하여 인생의 황혼을 살아가는 동년배의 할아버지 할머니들에게 손자를 육아하는 것이 단순히 힘들고 어려운 일만 있는 것이 아니고, 재미있고 아름답기도 하고 또한 의미 있는 일이라는 것을 말해주고 싶어서 출연하게 되었다.

  그런데 막상 촬영에 들어가니 이게 쉽지 않았다. 다큐멘터리라고 하지만 때로는 촬영 결과 기대에 미치지 못하게 되면 다시 재연을 해달라는 부탁을 받기도 해서 배우 아닌 배우 역할을 하기도 했다. 그리고 할아버지를 상대로 인터뷰할 때는 까다로운 질문이 많아 당황할 때도 많았고, 다큐멘터리이고 보니 어떤 때는 새벽에 촬영을 하러 오고 어떤 때는 밤늦게 집에 머물러 있으면서 촬영을 하는 등 다소 불편한 점도 적지 않았다. 그럼에도 불구하고 이러한 촬영으로 인하여 손자들에게 좋은 선물이 되고 세상을 향해 하고 싶은 말을 할 수 있는 기회라고 생각해서 출연에 응하게 되었다.

◆ 손자들과 마늘을 심던 날

　이번 주말에는 마늘을 심을 예정으로 농장에 왔다. KBS의 「다큐공감」 촬영 팀도 동행했다. 농장에 도착하자 촬영팀은 드론을 띄우며 땅과 하늘에서 우리를 촬영했다. 할아버지가 마늘을 심기 위해 퇴비를 넣고 있는데 성규가 "할아버지, 나도 하고 싶다."라며 왔다. 할아버지는 퇴비를 넣는 작업은 어린 손자와 함께할 일은 아니라며 "나중에 마늘 심을 때 같이 심자."라고 하고 할머니에게 돌려보냈다.

　퇴비를 넣은 후 경운기로 로터리를 쳤다. 성규가 다시 밭으로 왔다. 로터리를 치는 경운기 앞에서 마치 교통순경이 교통정리를 하듯 '이쪽으로, 혹은 저쪽으로' 하면서 손짓 몸짓으로 경운기를 유도하고 있었다. 경운기 운전은 할아버지가 하는데 할아버지를 유도하는 사람은 손자였다. 손자와 함께 경운기 몰기 놀이를 하면서 밭을 간 것이다.

　마늘 심을 준비를 마친 후에 점심을 먹었다. 식사 후 잠시 쉬고 있는 사이에 아이들은 낮잠을 자러 가버렸다. 할아버지와 손자가 함께 마늘 심는 모습을 촬영할 예정이었는데 차질이 생겼다. 아이들이 낮잠을 자는 동안 할아버지는 촬영팀과 인터뷰를 했다. 인터뷰를 하면서 미처 생각해보지 못했던 일에 대한 질문을 받을 때는 조금 당황하기도 했다.

아이들이 잠을 자고 일어나는 것을 보고 고구마부터 캐기로 했다. 잠을 자고 일어난 아이들은 마늘을 심는 것보다 고구마를 캐는 것에 더 흥미를 가질 것 같았기 때문에 순서를 바꿨다. 아이들과 고구마를 심어놓은 곳에 가서 할아버지가 삽으로 고구마 이랑을 팠다. 붉은 색깔의 고구마 덩이가 흙 속에서 드러나는 것이 보였다. 그러자 성규는 할아버지 도움 없이 혼자서 캐겠다고 하며 호미로 고구마를 캤다.

고구마를 캔 후에 마늘을 심었다. 성규는 처음에는 흥미를 가지고 함께 심었는데 얼마 가지 않아 흥미를 잃어버리고 잠자고 싶다고 했다. 평소에는 농장에 오면 늘 할아버지 곁에서 함께 심고, 함께 가꾸며 할아버지와 소꿉놀이를 즐기던 아이였고, 오늘도 퇴비를 넣을 때는 함께하자고 했던 아이였는데 막상 마늘 심는 모습을 촬영하려고 하니 잠자고 싶다고 해서 안타까웠다. 촬영물이 미완의 작품이 될까 염려가 되었는데 촬영팀은 방송에 올릴 분량은 충분하다고 해서 그나마 다행이라는 생각이 들었다.

♦ 김장김치를 담글 때

이번 주말은 농장에서 김장을 할 예정이다. KBS 「다큐 공감」팀도 동행하니 조금은 부담이 되기도 했다. 주말농장에서 할아버지와 손자가 엮어가는 일상의 이야기들이 시청자들에게 아름답게 비쳤으면 하는 욕심이 생겼는데, 문제는 어린 손자가 할아버지와 촬영팀의 의도대로 잘 따라줄지 믿음이 가지 않았다.

성규에게 미리 당부를 하였다. "오늘은 서울서 삼촌들이 와서 우리를 촬영해 줄 예정인데 성규가 할아버지 말을 잘 들어야 해."라고 당부를 하였고 성규도 "예."라고 대답을 했다. 그래도 미덥지가 않아 "오늘 말을 잘 들으면 저녁에 집으로 갈 때 미트에 들러 큰 장난감을 사주고, 말을 잘 듣지 않으면 아주 새끼손가락만 한 작은 것을 사줄 거야."라고 했다.

성규는 '큰 장난감'을 사준다는 말에 눈이 번쩍 뜨이는 것 같았다. "정말 큰 장난감을 사줄 거예요?"라고 하는데 할아버지는 "그럼, 오늘은 할아버지 말만 잘 들으면 장난감 가게에서 제일 큰 것으로 사줄 거야."라고 확인을 시켜주었다.

농장에 왔다. 배추를 뽑기 위하여 세발수레에 성규와 성하를 태우고 배추밭으로 갔다. 옛날 할아버지도 어린 시절에 소달구지를 타고 어른들 따라 들에 갔던 기억이 났다. 그때의 아름다웠던 기억처럼 손자들에게도 오늘이 아름다운 기억으로 남았으면 하는 바람을 가져보았다.

채소밭에 아이들을 내려놓고 배추를 뽑기 시작했다. 할아버지는 배추를 뽑고, 할머니는 겉잎을 추려내고, 성규 엄마는 소금에 잘 절여지도록 뿌리 부분을 칼로 쪼개었다. 그리고 성규는 엄마가 쪼개어놓은 배추를 세발수레에 실었다. 배추가 속이 꽉 찬 것은 제법 무거웠는데 성규는 낑낑거리며 안고 와서 수레에 실었다.

힘든 농사일도 할아버지와 할머니 그리고 며느리와 손자가 함께하니 가족 야유회를 나온 듯 즐겁고 재미가 있었다. 우리가 해야 할 일상의 일들이 모두 이렇게 재미있는 놀이를 즐기듯이 해낼 수 있으면 참 좋겠다는 생각을 해보았다. 수레에 실어놓은 배추를 손자와 밀고 갔다. 할아버지가 밀고 성규는 당기기도 하였고, 때로는 할아버지와 성규가 함께 밀고 가기도 하였다.

오후에는 김장을 하기 위하여 전날 소금물에 절여놓은 배추를 잔디밭에 가져와 양념을 무쳤다. 양념을 무치는 일은 여자들 몫이지만 할아버지와 성규도 거들었다. 절인 배추를 양념에 무치고, 무친 배추에 속을 넣고, 다 무친 김치를 통에 넣는 일을 가족들이 함께 분업으로 하니 일이 재미가 있고, 또 빨리 마칠 수 있었다.

성규는 양념을 주걱으로 뭉개면서 장난감 생각이 났는지 간간이 할아버지 곁에 와서 "할아버지 큰 것 맞아요?" 하고 묻곤 하였다. 할아버지는 아직은 아니라고 말해주고 지금은 중간쯤 크기인데 집에 돌아갈 때쯤 봐서 큰 것인지 작은 것인지 알려주겠다고 했다. 성규는 저녁에 집에 갈 때 '큰 장난감'을 갖기 위해 모든 노력을 다 기울이는 것 같았다. 손자가 큰 장난감을 얻기 위해 온갖 노력을 다하는 것을 보고 할아버지는 오늘 촬영 결과와 관계없이 큰 장난감을 사줄 생각을 미리 하고 있었다.

집으로 갈 때 성규에게 큰 장난감을 사주기 위해 마트에 들렀다. 성규는 혼자 들기에 무겁고 너무 큰 것을 골랐다. 어린아이에게 너무 무거울 것 같아 할아버지가 들어주겠다고 했다. 그런데 성규는 기어이 혼자 들고 가겠다며 때로는 품에 안고 가기도 하고, 또 힘에 부치면 짐꾼처럼 머리에 이고 가기도 했다. 장난감 하나로 손자가 좋아하는 모습을 보고 장난감을 사준 할아버지도 즐거웠다.

할아버지 농장은 손자들의 자연 학습장

새봄이 왔다. 아이들은 농장에 오자마자 미나리밭으로 달려가고 있었다. 할아버지가 따라가 보니 개천에서 헤엄치고 있는 올챙이들을 보고 있었다. 할아버지는 농장에 오면 채소들이 얼마나 자랐는지 그게 관심인데 손자들은 올챙이가 얼마나 자랐는지 그게 궁금했던 모양이었다. 할아버지는 개구리가 알을 낳아 올챙이가 되고 올챙이가 자라서 개구리가 되는 과정을 설명해 주고 플라스틱 대야에 올챙이들을 퍼 담아 가까이서 보도록 해주었다.

올챙이가 얼마나 자랐는지 살펴보고 할아버지는 작업복을 갈아입은 후에 아이들과 함께 감자 싹이 얼마나 올라왔는지 살펴보았다. 감자 이랑에는 땅거미가 기어가고 무당벌레들도 보였다. 또 흙을 파헤쳐보니 흙 속에는 쥐며느리도 기어 나오고 있었다. 할아버지 눈에는 하찮은 곤충과 벌레들인데 아이들 눈에는 새로 보는 것이어서 흥미로웠던 것 같았다. 아이들이 관심을 가지는 것을 보고 할아버지는 땅거미를 잡아서 손바닥에 올려놓아 주었다.

할아버지가 밭에서 일하는 동안 아이들은 할머니와 함께 풀밭을 거닐며 놀았다. 풀밭에는 여러 가지 들꽃들이 피어 있었다. 하얀 냉이꽃, 노란 민들레꽃, 자주색 제비꽃과 큰개불알꽃도 보였다. 도회지의 아이들은 책에서만 보던 들꽃들인데 손자들은 할아버지 농장에 와서 실물을 보며 자연학습을 하고 있었다.

할아버지는 새봄에 아이들에게 아름다운 꽃밭을 만들어주고, 농장에 오면서 사가지고 온 꽃을 함께 심었다. 둘째 성하도 함께 하고 싶어 했다. 그런데 성하는 할아버지와 성규가 심어놓은 꽃을 짓밟으며 걸어왔다. 아직 어려서 꽃을 심어 가꾸려는 것은 모르고 그냥 할아버지와 성규가 하니 따라 하고 싶었던 것 같았다.

집에 갈 때쯤 성규는 어린이집에서 키우고 있는 개구리에게 먹이를 가져가서 주고 싶다고 했다. 아직 이른 봄이어서 곤충들이 나올 때가 아니었다. 그럼에도 불구하고 손자가 필요로 하니 성규에게 채집통을 들게 하고 할아버지는 과수원을 둘러봤다. 마침 과수원에는 땅거미가 기어가는 것이 보여 잡아서 채집통에 넣어주었다.

황혼 육아가 힘들고 귀찮다고 생각하면 인생에 짐이 되지만 손자와 함께 인생의 아름다운 이야기를 엮어나간다고 생각하면 손자와 동행하는 삶은 아름다운 천국이 되는 것이다.

할아버지의 농사 파트너가 되어가는 손자

오늘은 방울토마토 등 모종 채소들을 심을 예정이다. 할아버지는 손자들과 함께 심을 예정으로, 먼저 밭을 갈고 이랑을 만들었다. 다음으로 검은 비닐로 멀칭을 할 차례가 되었다. 멀칭은 한 사람이 맞잡아주어야 할 수 있다. 혼자서 하기 어려워 할머니를 도와달라고 불렀다. 그런데 원두막에서 놀고 있던 성규와 성하가 먼저 내려왔다 아직 어려서 할 수 없을 것 같았는데 할아버지가 시키는 대로 비닐을 맞잡아주어 멀칭을 할 수 있었다.

멀칭을 한 다음 모종을 옮겨심을 차례가 되었다. 할아버지는 멀칭한 비닐에 구멍을 뚫어 모종삽으로 흙을 파내면 성규는 호스를 당겨와 밸브를 틀어 구덩이에 물을 부었고, 할아버지는 물을 부은 구덩이에 방울토마토를 심었다.

아직 태어난 지 6년 5개월밖에 되지 않은 손자인데 어른들이 하는 것을 어깨너머로 배워 물을 주는 요령을 알아 방울토마토를 함께 심을 수 있었다. 손자는 할아버지가 가꾸는 주말농장에서 할아버지의 농사 파트너가 되어가고 있었다.

무엇을 심고 가꾼다는 것은 희망을 심고 아름다운 꿈을 가꾸는 것이다. 유형의 토마토를 심고 있었지만, 할아버지와 손자와 동행하는 삶을 심고 가꾸고 있었다.

둘째 성하만 데리고 온 날

　　집안 사정으로 이번 주말에는 둘째 성하만 데리고 농장에 왔다. 손자 둘을 태우고 농장으로 가게 되면 아이들 장난치는 소리, 싸우는 소리로 차 안이 시끄러워 야단을 칠 때가 많은데 오늘은 성하 혼자만 태우고 오니 조용했다. 아이들 소리로 시끄러울 때는 조용한 것이 좋았는데 조용하니 그래도 둘이서 장난치고 싸우며 시끄러울 때가 좋았었던 것 같았다. 자식들을 키워서 분가를 시켜 부모 슬하를 떠나고 영감, 할멈 둘이서 살아가니 그래도 자식들 키우던 '그때 그 시절'이 좋았던 것을 새삼 느끼게 된다.

　　평소에는 농장에 오면 성하는 형과 어울려 노는데 오늘은 형이 없으니 할머니와 할아버지를 따라다니며 놀았다. 매실을 따거나 양배추에 벌레를 잡으면 곁에 와서 놀았고, 풀밭에 풀벌레들이 기어가는 것이 보이면 혼자서 지켜보며 놀았다. 그게 할아버지 눈에는 안쓰럽게 보였다.

　　일을 마치고 원두막에 쉬고 있는데 성하가 "할아버지" 하면서 안겨왔다. 둘째 손자의 귀여움이 새롭게 느껴졌다. 손자들 둘이 함께 있을 때는 느껴보지 못한 둘째 손자에 대한 사랑이다. 우리는 자식을 키우다 보면 먼저 태어난 첫째에게 관심이 많이 가고 둘째에게는 관심이 덜 가는 것 같다.

둘째는 첫째가 태어나 자라는 성장 과정을 같이 거치기 때문에 그런 것 같다. 부모의 자식에 대한 사랑은 첫째와 둘째가 차별이 없다.

그런데 지금까지 첫째에게 관심을 많이 가진 것이 늘 미안하고 안쓰럽게 느껴졌는데 오늘은 둘째를 마음껏 사랑해줄 수 있어 좋았다.

아들 내외도 농장에 오다

이번 주말은 성규 성하와 함께 아들 내외도 농장에 왔다. 점심을 맛있게 먹이기 위해 할아버지는 상추 쑥갓 등 야채를 채취하고 고기를 굽기 위해 숯불도 피웠다. 할머니는 부추전을 부치고 꼬치구이도 만들었다. 농장에 오면 농사를 짓느라 늘 바쁜데 오늘은 모처럼 원두막에서 아들 며느리 손자들과 함께 점심을 먹으며 여유로운 시간을 가졌다.

점심을 먹은 뒤 어른들은 대화를 나누고 있는데 성규는 원두막에서 내려가더니 잔디밭에서 원맨쇼를 하고 있었다. 누가 시킨 것도 아닌데 뜨거운 땡볕에서 태권도 연습을 하는 것처럼 손짓과 발짓으로 기교를 부렸다. 아마 텔레비전에서 본 로봇 모양을 흉내내는 것 같았는데 참 귀엽고 재미있게 보였다.

오후에 아들 내외는 소나무 그늘에서 손자들과 해먹을 타고 놀았다. 농장에 오면 보통 저희끼리 놀던 아이들이 오늘은 아빠 엄마와 함께 해먹을 타고 놀며 즐거운 시간을 가졌다. 먼 훗날에는 아들 가족이 이 농장을 이어받아 주말이면 바쁜 일상을 벗어나 오늘처럼 손자들과 여유로움을 즐기면서 살아가기를 할아버지는 기대해 보았다.

한낮 더위가 식을 때쯤에는 아이들을 데리고 산딸기를 따고 보리수를
땄다. 또 할아버지는 고구마 이랑에 물을 주었는데 성규가 와서 한번 해
보고 싶다고 했다. 물을 뿌리는 호스를 손자에게 건네주었더니 할아버지
처럼 물을 조절하며 잘 주었다. 아직 어린 성규가 벌써부터 할아버지가
하는 농사일을 어깨너머로 배우고 있었다.

감자 캐기는 보물찾기 놀이

이번 주말에는 원추리 꽃도 피고, 루드베키아 꽃도 보였다. 주말마다 오는 농장이지만 농장에 오면 지난 주말에 볼 수 없었던 새로운 꽃이 피어있고, 새로운 열매들이 영글어 가는 것을 볼 수 있어 늘 새롭다. 봄에서 겨울을 향해 달리고 있는 시간의 열차가 주말마다 새로운 간이역을 지나고 있는 느낌을 가지게 된다.

이번 주말에는 감자를 캐는 시간대의 역을 지나고 있었다. 할아버지는 손자들에게 호미를 손에 쥐어 주고 감자를 캐러 갔다.

작년에도 할아버지와 함께 감자를 캐 보았던 성규는 기다렸다는 듯이 좋아했는데 처음 감자를 캐 보는 성하는 감자를 캐는 것이 어떤 일인지도 모르고 그냥 할아버지와 형을 따라나섰다. 할아버지가 먼저 감자 줄기를 걷어내고 아이들에게 줄기 근처를 호미로 파보라고 하였다. 아이들은 호미로 갈색의 흙을 파헤쳐 하얀 감자를 찾아서 캐었다. 땅속에 감춰져 있는 보물을 찾아내는 놀이를 하며 감자를 캔 것이다.

둘째 성하도 형을 따라 감자를 캤는데 감자가 어디에 있고, 감자를 캐서 무엇을 하는지 모르는 것 같았다. 형과 함께 감자를 캐다가 흙 속에서 콩벌레가 보이면 콩벌레를 가지고 놀았다. 콩벌레를 손으로 잡으면 몸을 둥글게 말고 죽은 척하다가 조금 지나면 다시 펴는 모습을 보는 것이 감자를 캐는 것보다 재미있었던 모양이었다. 할아버지는 성하도 함께 캐면서 추억 만들기를 했으면 좋을 것 같아 성하를 불렀지만,

성하는 콩벌레를 잡으며 노는 것이 더 재미있었는지 오지 않았다.

감자를 캐서 담은 소쿠리를 할아버지가 들고 나왔다. 할아버지가 들고 나오니 아이들도 함께 들고 가자고 해서 셋이서 함께 들고 나왔다. 할아버지는 수확한 감자를 옮기기 위해 들고 나왔는데 아이들은 할아버지와 함께하는 재미로 들고 나오고 있었다.

여름방학을 할아버지 농장에서 보내다

♦ 첫째 날

어린이집에는 8월 2일부터 3일간 방학을 했다. 손자들과 여름방학을 함께하기 위해 할아버지도 휴가를 내었다. 아이들과 여름방학을 농장에서 보내기로 하고 농장에서 가지고 놀 장난감도 사고, 야영하는 데 필요한 텐트도 하나 사 가지고 왔다.

원두막에 올라가서 저녁을 먹은 후 아이들은 장난감을 가지고 놀고 할아버지와 할머니는 아이들이 노는 것을 지켜보면서 한여름 밤을 보냈다. 손자들이 노는 모습을 지켜보는 것도 인생 후반을 살아가는 할아버지와 할머니에게는 낙이라는 생각이 들었다. 손자들이 있어 때로는 힘이 들 때도 있지만, 손자들이 있어 키우는 재미를 즐길 때도 많이 있는 것 같다.

아이들이 놀고 있는데 장수풍뎅이가 한 마리 날아왔다. 아이들은 장난감을 가지고 노는 것을 멈추고 장수풍뎅이에 눈이 쏠렸다. 요즈음은 환경이 오염되어 장수풍뎅이를 볼 기회가 잘 없는데 할아버지 농장에는 장수풍뎅이가 불빛을 찾아 날아오고 있었던 것이다. 할아버지는 장수풍뎅이를 잡아서 손등에 올려 기어가는 것을 아이들에게 보여주었다. 장수풍뎅이가 아이들에게는 새로 보는 곤충이었다.

어둠이 깊어가는 것을 보고 아이들에게 새로운 야영 체험을 시켜주기로 했다. 잔디밭에 텐트를 치고 아이들을 불렀다. 농장에는 잠을 잘 수 있는 컨테이너 하우스가 있지만 잔디밭에 텐트를 쳐놓고 야영하는 분위기를 즐기며 한여름 밤을 보냈다.

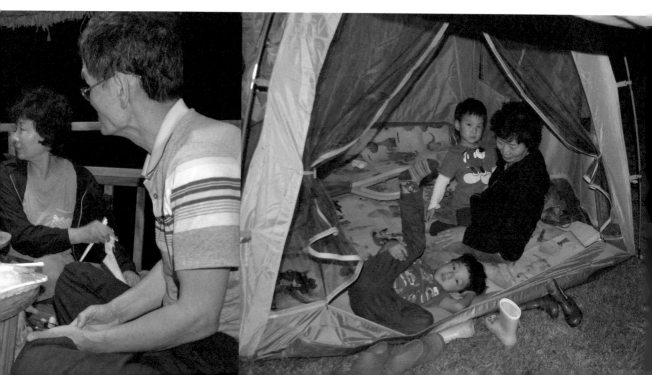

◆ 둘째 날

다음 날 아침에는 잔디밭에 비치파라
솔을 치고 아이들을 불렀다. 아이들은
비치파라솔 그늘로 와 할아버지와 놀았
다. 더운 여름이지만 어른들처럼 그냥
앉아서 조용히 놀지는 않았다. 무더위에
도 불구하고 할아버지는 땀을 뻘뻘 흘
리면서 손자들과 뒹굴며 놀아주어야 했
다. 아이들의 공격에 할아버지가 방어만
하면 놀이가 재미가 없고 심하게 반격을
하면 울음이 터지기 때문에 공격과 방어
의 강약을 조절하며 놀아주었다.

한여름 더위에 아이들과 놀아주는 것
이 힘에 부쳤다. 조금 쉬기 위해 물총을
가지고 놀도록 해주었다. 물총을 하나씩
쥐어 주고 물을 넣어 쏘는 방법을 가르
쳐주었다. 그리고 그냥 물만 쏘면 재미가
없기 때문에 나뭇잎을 표적으로 해서 맞
추어보라고 했고 거미줄에 걸려있는 거
미를 쏘아 보라고도 했다. 할아버지와
뒹굴며 놀던 아이들은 물총놀이에 새로
운 재미를 붙이며 놀았다.

아이들에게는 아무리 재미있는 놀이라도 오래가지는 않는 법이다. 할아버지는 비치파라솔 아래 그늘에서 쉬고 있는데 아이들이 다시 할아버지 곁으로 왔다. 아이들과 다시 뒹굴며 놀아주기에는 날씨가 너무 더웠다.

이번에는 방울토마토가 열려있는 곳으로 데려가 토마토를 따라고 했다. 그런데 둘째 성하는 아직 어려서 빨갛게 익은 고추를 따서 입에 넣으려 했다. 성규가 "성하야! 그것은 매워서 못 먹어." 하면서 동생 손을 붙잡고 방울토마토가 있는 곳으로 데리고 가서 따서 먹여주기도 했다.

점심을 먹은 후에 아이들이 노는 것을 보고 할아버지는 원두막에서 잠이 들었나. 그런데 갑자기 성하의 울음소리가 들렸다. 사이좋게 시작한 놀이가 싸움으로 비화되었던 것 같았다.

둘째는 울면서 할아버지에게 도움을 청하였고, 첫째는 씩씩거리며 동생을 쏘아보고 있었다. 할아버지는 형제들이 때로는 싸우고, 때로는 화해하고, 때로는 경쟁하고, 때로는 타협하면서 살아가는 것이 더불어 살아가는 사회를 익히는 과정으로 이해하고 둘을 화해시켜 주었다.

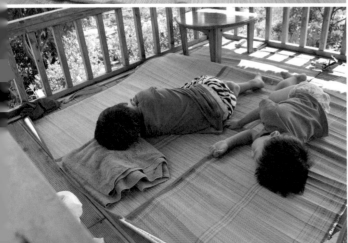

아이들은 곧 다시 장난을 치며 놀고 있었는데 이번에는 매미가 날아와 천장에 붙는 것이 보였다. 할아버지는 얼른 매미를 잡아 아이들이 가까이에서 볼 수 있도록 손바닥에 올려주었다. 아이들은 매미를 보고 경계를 하기도 하고, 한편으로는 신기한 듯 등과 날개를 살짝 만져보기도 하였다. 할아버지 농장에 오면 책에서 사진으로만 보아왔던 곤충들을 실물로 직접 볼 수 있어 자연 학습이 되고 있었다.

아이들은 놀다 원두막에서 낮잠을 한숨 자고 일어나 할아버지 곁으로 다시 왔다. 원두막 주변에는 잠자리들이 날아다니고 있었다. 할아버지는 원두막에서 내려와 아이들과 잠자리를 잡으러 나섰다. 할아버지가 잠자리 잡는 것을 보고 성규도 직접 잡아보고 싶어 했다. 할아버지는 손자에게 잠자리채를 건네주었다. 하지만 손자 성규에게 잡힐 잠자리는 없었다. 결국 할아버지가 잡아준 잠자리 다리에 실을 매어주었고 성하와 둘이서 잠자리를 날려 보내며 오후 한나절을 보냈다.

할아버지는 아이들이 재미있게 노는 것을 도와주고 지켜보면서 여름휴가를 보내고, 아이들은 할아버지 농장에서 할아버지와 함께 놀았던 많은 추억을 남기며 여름휴가를 보내고 집으로 돌아왔다. 할아버지의 바람은 할아버지 농장에서 할아버지 할머니와 함께 보낸 1박 2일의 여름휴가가 아이들에게 아름다운 추억이 되며 기억에 오래 남기를 바랐다.

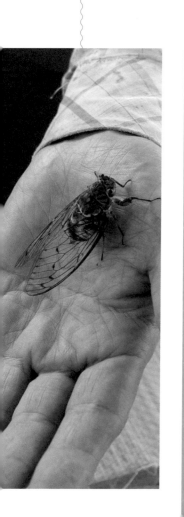

배추를 심기 전에 원맨쇼를 하는 성규

김장배추를 심을 때가 되었다. 손자와 함께 심을 예정을 하고 성규를 데리고 왔다. 어린이용 장갑이 없어 어른들이 끼는 실장갑을 끼워주었더니 보기에 헐거웠고 엉성했다. 그래도 그게 더 귀엽게 보였다. 할아버지 손자이기 때문에 그렇게 보였을 것이다.

할아버지는 성규에게 농사 체험을 시켜 주기 위해 배추를 심자고 했는데 성규는 배추를 심기 전에 뭔가 출정식을 하고 있었다. 누가 시키지도 않았는데 알아듣지 못할 구호를 외치고 손짓과 발짓을 하면서 원맨쇼를 하였던 것이다. 텔레비전에서 본 것을 흉내 내는 것 같았다. 영감 할멈이 농장에 와서 일을 하면 조용하고 일상이 단조로운데, 손자들이 오면 웃을 일이 있고 재미있는 일이 있어 삶이 조화롭다.

할아버지가 구덩이를 파고 모종을 모판에서 뽑아 놓으면 성규는 물을 부어 심고 흙을 덮었다. 아직 초등학교도 입학하지 못한 유아인데 배추를 심을 때는 할아버지와 손발이 맞는 파트너가 되어가고 있었다. 인생의 봄을 살아가는 손자와 인생의 가을을 살아가는 할아버지가 농장에 와서 배추를 심으며 조화로운 삶을 공유하고 있었다.

가을걷이 후 손자들과 여유로움을 즐기다

농장에는 가을이 깊어가고 있었다. 할아버지의 삶도 가을이 깊어가고 있는 것을 되돌아보게 된다. 주말을 이용하여 농장을 가꾸다 보니 농장에 오면 늘 바쁜데 가을걷이를 마친 오늘은 여유가 있었다. 성규 성하의 손을 잡고 단풍놀이를 즐기며 걸었다. 오늘은 손자들이 할아버지 손을 잡고 걷고 있지만, 먼 훗날이 되면 할아버지가 손자의 손에 의지해서 걷는 날도 오게 될 것이다.

농장에는 가을걷이를 마쳤는데 아직 방울토마토는 몇 개 달려 있었다. 끝물이 되어 열매들이 풍성하지는 않았지만 그래도 우리가 따 먹을 분량은 있었다. 성규에게 방울토마토를 따라고 했다. 할아버지가 농사지은 것을 손자가 직접 따서 함께 먹으면 맛이 더 있을 것 같아 따라고 했다. 성규가 따가지고 온 방울토마토를 잔디밭에 앉아 함께 먹었다.

잔디밭에 깔개를 깔아놓고 아이들과 놀아주고 있는데 성규는 할아버지에게 보여주고 싶은 원맨쇼가 있다고 했다. 최근에 텔레비전의 어떤 프로에서 로봇이 하는 모습이라고 미리 설명을 해주었는데 그래도 무슨 말인지 할아버지는 알아들을 수가 없었다. 그런데 지난번 배추 심을 때도 보여주었고 오늘도 보여주겠다고 했다. 할아버지는 원맨쇼의 내용은 모르지만 그래도 손자가 하는 손짓 몸짓 발짓은 몇 번이나 보아도 귀엽고 재미가 있었다.

오늘은 모처럼 손자들과 여유로움을 즐긴 하루였다. 먼 훗날 손자들도 일과 여가의 조화로운 삶, 직장생활과 가정생활의 균형 있는 삶, 목적과 수단이 구별되는 삶을 살아가기를 바랐다.

겨울농장에서 연날리기

겨울에는 식물을 가꾸지 않으니 농장에 와도 할 일이 없다. 그런데 이번 주말에는 손자들과 연을 날리며 놀아주기 위해 농장에 왔다. 손자들과 놀아주기 위해 왔지만 어쩌면 할아버지 자신이 즐기기 위해서 손자들을 데리고 온 것일지도 모르겠다. 인생 후반부를 살아가는 할아버지에게 손자들은 친구이기 때문이다.

농장을 둘러본 후 먼저 할아버지가 연을 연줄에 매어 날려보았다. 시연을 해보고 있는데 나무 그네를 타고 놀던 아이들이 할아버지에게로 왔다. 연줄을 풀고 감을 때마다 연은 하늘에서 곡예를 하듯이 왼쪽으로 혹은 오른쪽으로 춤을 추고 있는 것이 신기했던 모양이었다. 성규가 직접 한번 해보고 싶다고 했다.

연줄을 풀었다 감았다 하면서 연을 조종하는 방법을 가르쳐주고 얼레를 손자에게 넘겨주었다. 성규는 할아버지가 시키는 대로 연을 조종하면서 놀았고, 연은 하늘 높이 '올라갔다 내려왔다'를 반복하면서 하늘에서 춤을 추었다. 옆에서 지켜보던 성하도 신기한 듯 하늘에 나는 연에서 눈을 떼지 못하고 있었다.

할아버지는 성하도 가지고 놀도록 해주었다. 다른 연을 가져와 연줄에 매어 하늘 높이 올려놓은 후 둘째 성하에게 얼레를 건네주었다. 형처럼 연을 조종할 줄은 모르지만 그냥 연줄을 잡고 있고, 그 연줄 끝에는 연이 날고 있는 것만으로도 좋아했다. 아이들이 좋아하는 모습을 보고 있으니 할아버지도 즐거웠다. 손자들이 있어 할아버지도 동심의 세계를 함께 즐기고 있었다.

제3부

추억을
만들어가던 시간들

2018년~2020년

손자들만의 주말농장을 따로 만들어주다

농장 가는 길에는 연두색의 신록들이 돋아나고 있었다. 신록과 같은 손자들을 태우고 가는 할아버지 마음에도 새로운 신록들이 싹트고 있었다. 농장에 도착했다. 잔디밭 앞에는 핑크색의 꽃잔디가 피어있고, 빨간 영산홍도 한창 피고 있었다. 아이들은 과수원에서 무당벌레와 개미가 땅에 기어 다니는 것을 따라가며 놀았고, 민들레 꽃대에 하얗게 부풀어있는 민들레 홀씨를 입으로 불어 날리며 놀았다. 집에 있으면 텔레비전을 보며 노는데 농장에 오면 풀벌레들이 신기한 볼거리가 되고 민들레 홀씨가 장난감이 되고 있었다.

풀밭에서 형제가 둘이 손잡고 돌아다니며 노는 모습이 할아버지 눈에는 참 보기 좋았다. 지상의 천국을 보는 것 같았다. 언젠가는 아이들이 자라서 배우자를 만나게 될 것이고, 새로운 가정을 꾸려 각자의 다른 삶을 살아가게 되겠지만, 마음만은 늘 오늘같이 함께 손잡고 다니는 그런 형제로 살아가기를 할아버지는 소망해 보았다.

이번 주말은 손자들을 위한 주말농장을 따로 만들어주기로 했다. 아직 이르기는 하겠지만 첫째 손자 성규가 초등학교에 입학하였으니 아이들이 스스로 심고 가꾸도록 할아버지가 도와주면 할 수 있을 것 같아 만들어주기로 했다.

농장으로 출발하기 전에 '주말농장' 입간판을 만들기 위해 하얀 페인트도 사고, 심은 식물 앞에 이름표를 만들어 붙이기 위한 자재들도 준비하고 또 모종을 심기 위해 방울토마토 등 모종채소들과 미니장미 등 봄꽃도 오는 길에 사 가지고 왔다.

　할아버지는 이렇게 잔디밭 가장자리에 손자들을 위한 주말농장을 따로 만들어주면 아이들이 스스로 심고 가꿀 수 있어 좋아할 것 같고, 할아버지가 도와주고 손자들이 직접 가꾸는 삶의 이야기들이 더욱 아름답게 피어나고 열매를 맺을 것같이 생각되었다.

　농장 이름은 '성규·성하의 주말농장'이라고 하고 간판은 할아버지가 판자에 하얀 페인트를 칠해서 만들고, 글은 할머니가 쓰고, 판자에 각목을 붙여 못질하는 것은 할아버지와 성규가 함께했다.
　그리고 채소들의 이름표는 하얀 종이에 써서 비가 와도 젖지 않도록 코팅을 하여 세워두기로 하고 심을 식물의 이름을 할아버지가 불러주고 성규는 받아 적어 이름표를 만들어 두었다.

입간판과 이름표를 만드는 등 사전 준비를 마치고 키가 큰 옥수수부터 가장자리 쪽으로 먼저 심었다. 그런데 갑자기 방해꾼이 나타났다. 아직 네 살밖에 되지 않은 둘째 성하도 함께 심겠다며 끼어든 것이다. 성규는 "성하야, 너는 가만히 있는 게 형을 도와주는 거야."라고 하면서 빠지라고 했고, 성하는 한사코 같이하고 싶어 끼어들었다.

할아버지는 형제가 둘이 함께 심
어 가꾸는 데 의미가 있다고 생각
해서 성규를 다독여 함께 심어나
가도록 하였다. 먼저 할아버지가
심을 구덩이를 파면 아이들이 모
종을 옮겨와 넣고 물을 부은 다음
흙으로 채워 넣었다. 그리고 물이
떨어지면 수돗가에 가서 물을 스
스로 담아왔다. 때로는 물을 너무
많이 담아서 둘이서 들고 오지 못
하면 할머니가 도와주기도 했다.

이렇게 해서 옥수수, 오이, 방울토마토, 수박 등을 심은 후 미리 준비해놓은 식물 이름 표를 꽂아두면서 심어나갔고 눈에 제일 잘 띄는 맨 앞에는 꽃을 심어두었다.

꽃을 심는 것은 농장을 아름답게 장식하기 위한 것도 있었다. 그리고 마지막으로 할아 버지와 할머니 그리고 성규, 성하가 함께 심은 기념사진을 찍는 것으로 '성규·성하의 주 말농장'을 완성하였다.

일을 다 마치고 손자들과 함께 만들었던 주말농장을 살펴봤다. 지금은 모종들을 갓 심어서 어린 새싹들이 갈색의 흙 사이에 듬성듬성 심겨있지만, 얼마의 시간이 지나면 자라서 녹색으로 가득 채워질 것이고, 때가 되면 꽃이 피고 열매가 주렁주렁 열리는 그림을 그려보게 된다. 할아버지와 손자들의 아름다운 이야기들이 잘 자라 많이 열릴 것을 기대하게 된다.

농장에서 드론을 띄우며 놀던 날은

얼마 전 손자들과 따로 만들어놓은 주말농장 앞에는 작약꽃이 피어있었고, 토마토도 열매들이 열리기 시작했다. 손자들은 차에서 내리자마자 배낭을 멘 채로 아이들 농장으로 가서 새로 핀 작약꽃을 살펴보았다. 그리고 성하는 물뿌리개로 물을 담아와 뿌려 주었다. 할아버지가 시키지도 않았는데 아이들 스스로 심어놓았기 때문에 관심이 가는 모양이었다.

이번 주말에는 할아버지가 장난감 드론을 조립해서 가지고 왔다. 아이들과 놀아주기 위해 가져왔는데 아직 드론을 조정하는 것은 익숙하지 못하여 자신이 없었다. 거기다 오늘은 바람까지 불고 있었다. 제대로 날리며 놀 수 있을지 염려가 되는데 성규는 기대에 부풀어 빨리 날려달라고 재촉을 하고 있었다.

할아버지는 설명서를 읽어보고 페어링을 해보았다. 드론은 프로펠러가 돌기 시작하면서 공중으로 날아올랐다. 드론이 날기 시작하자 성규는 좋아서 손짓 발짓으로 춤을 추었다. 할아버지가 시범으로 날려본 다음 성규와 함께 조정하여 날려보도록 하며 함께 놀았다. 할아버지는 손자들이 있어 함께 키덜트(kidult) 문화를 즐기면서 놀았던 것이다.

아이들이 스스로 노는 동안 할아버지는 고추밭에서 잡초를 뽑았다. 잡초 속에는 달팽
이가 기어가고 있었다. 하던 일을 멈추고 달팽이를 잡아 아이들에게 보여주었다. 달팽이
는 아이들이 처음 보는 것이었다. 달팽이는 촉수를 내밀어 더듬으면서 기어가고 손으로
촉수를 살짝 건드리면 쏙 들어가고 조금 있으면 다시 나와서 기어가는 모습이 재미있고
신기해서 한참 동안 달팽이가 기어가는 것을 보고 놀았다.

할아버지는 다시 일을 하고 있었는데 성규의 목소리가 들려왔다. "이성하 대원! 이쪽으로 기어 올라와!" 하는 소리였다. 형과 동생이 과수원 언덕을 기어오르고 있었고, 형은 대장, 동생은 대원이 되어 군사훈련을 시키는 모습 같았다. 아직 다섯 살밖에 되지 않는 동생이 가파른 언덕을 올라가다 미끄러지니 형이 먼저 올라가 고추지지대를 내밀며 잡고 올라오라고 하였다. 만화영화에서 본 듯한 군사훈련을 아이들이 하고 있었다.

어린 성하는 형을 따라 겨우 언덕을 기어 올라갔다. 동생이 올라오자 형은 이성하 대원을 잔디밭으로 데리고 와서 무술 연습을 시켰다. 서유기에 나오는 손오공을 보았는지 모르겠는데 고추지지대를 무술봉으로 하여 손오공 흉내를 내며 놀고 있었다.

농장에 오면 아이들은 어른들이 따로 만들어놓은 놀이터가 필요 없고 장난감이 필요 없다. 풀밭이 놀이터가 되고 풀밭에 있는 풀벌레, 달팽이 등 살아있는 모든 것이 장난감이 되며 할아버지가 농사짓는 농자재가 놀이기구가 되는 것이었다.

고구마를 심고 오디를 따 먹다

5월 마지막 주말이다. 오전
에는 원두막에서 손자들의 재롱을 보
며 함께 놀아주었다. 아침에 학교와 어
린이집에 보낼 때는 바쁜 시간에 말을
듣지 않아 아침마다 전쟁을 치르고 있
는데 농장에 오면 평화가 깃들고 여유
로움이 있어 손자들의 귀여운 모습만
보인다.

오후에는 고구마를 심을 예정으로 아이들을 데리고 밭으로 갔다. 할아버지가 구덩이를 파주면 성규가 물을 붓고 심었다. 어릴 적부터 할아버지를 따라온 성규는 고구마를 심는데 할아버지와 어느 정도 호흡을 맞추며 심을 수 있다. 옆에서 지켜보고 있던 동생 성하도 직접 심어보고 싶어 했다. 형이 물을 붓는 것을 보고 성하도 물통을 건네받아 직접 물을 부으며 함께 심었다.

고구마를 심고 나오는데 풀밭에서 심어 가꾸지도 않았던 야생딸기들이 익어있는 것이 보였다. 아이들은 딸기 잎을 헤쳐 빨갛게 익은 딸기들을 골라 따서 입에 넣기도 하고, 소쿠리에 담기도 하였다. 아이들이 딸기를 따 먹으며 좋아하는 것을 보고 할아버지는 아이들을 데리고 오디가 익어있는 뽕나무 밑으로 데려가 사다리를 놓고 함께 땄다.

딸기와 오디를 딴 후 소나무 그늘에서 놀고 있는데 할머니는 할아버지와 아이들이 함께 딴 딸기와 오디를 씻어서 소쿠리에 담아왔다. 빨간색과 자주색 열매들이 색깔의 조화를 이루고 있었고 맛의 조화를 이루고 있었다. 할아버지와 손자가 함께 딴 조화로운 이야기가 담겨있었기 때문에 그렇게 느껴졌다.

손자들의 주말농장에서 열매를 따다

농장에는 봄이 가고 여름이 오고 있었다. 초봄에 아이들 스스로 심고 가꾸게 하기 위하여 손자들만의 주말농장을 따로 만들어주었고 여기에 옥수수, 가지, 오이, 방울토마토, 수박 등을 모종으로 옮겨심어 두었는데 이번 주말에 와보니 열매들이 달리기 시작했다.

오이가 서너 개나 달려있었고, 가지 열매도 보이고, 방울토마토도 익어가고 있었다. 어른들과 달리 손자들은 아직 어려서 스스로 심고 가꾸어 열매가 열리는 것을 보며 성취감 같은 것은 느끼지 못할지 모르지만, 할아버지는 열매가 달린 것을 보니 마음이 뿌듯했다.

아이들이 스스로 심어 열매를 따보는 것은 자연스런 자연 학습이 될 것이고 먼 훗날에 기억에 남을 수 있는 아름다운 추억이 될 것으로 생각되기 때문이었다.

할아버지는 손자 성규와 함께 먼저 오이를 땄다. 성규는 소쿠리를 받치고 할아버지는 가위로 오이 꼭지를 자르며 따고 있는데 동생 성하는 혼자서 물을 주고 있었다. 누가 시킨 것도 아닌데 아직 다섯 살도 채 되지 않은 손자가 스스로 가꾸기 위하여 물을 주고 있었던 것이다.

아마 봄에 모종을 옮겨 심으면서 물을 준 것을 기억하고 물을 주는 것 같았다. 할아버지는 아직 어린 것이 무거운 물통을 낑낑거리며 들고 오는 것이 재미있기도 하고 안쓰럽기도 했다. 보다 못해 형인 성규가 받아서 물을 주도록 했다.

점심을 먹은 후에 할아버지는 원두막에서 낮잠을 한숨 자고 있는데 손자들이 놀아달
라고 잠을 깨웠다. 맛있는 낮잠을 깨운 손자들이지만 할아버지를 필요로 하는 손자가
있다는 것이 고맙기도 했다. 손자들의 성화에 못 이겨 일어나 매미채를 쥐어 주며 메뚜
기를 잡아주려 나섰다. 그런데 아직 초여름이어서 메뚜기는 보이지 않았다. 하는 수 없
이 개울가에 있는 개구리와 올챙이를 잡아 채집통에 넣어서 물을 채워 헤엄치는 것을 보
고 놀라고 했다.

해가 서산에 걸려 집으로 돌아갈 때가 되었다. 그런데 블루베리와 산딸기를 따지 않았다는 것이 생각났다. 열매들이 익은 것을 제때에 따지 않으면 낙과가 되어버린다. 할아버지 혼자 빨리 따야 했는데 손자들에게 아름다운 기억을 남겨주기 위해 함께 땄다. 그런데 손자들은 할아버지를 도와 함께 딸 생각은 하지 않고 열매를 따서 입으로 가져가 먹고 있었다. 수확에 도움은 되지 않았지만 손자들이 맛있게 따 먹는 모습을 보는 것도 수확이라고 생각하며 함께 땄다.

메뚜기를 잡고 감과 대추를 따다

농장에는 가을이 머물고 있었다. 이번 주말에는 아들 내외도 손자들과 함께 왔다. 아들과 며느리가 아이들과 함께 나무 그네를 타면서 놀고 있었다. 할 아버지 눈에는 그게 참 보기에 좋았다. 할아버지 농장이 단순히 식물만을 가꾸는 곳이 아니라 자식들의 쉼터로 이용되는 것을 보고 있었기 때문이었다.

아들 내외와 손자들이 모두 왔으니 점심은 별미를 해 먹이고 싶었다. 왕
새우를 사 가지고 와서 꼬리 부분은 굽고 머리 부분은 튀겨서 먹었다. 일
상이 분주했던 도회지의 삶에서 벗어나 농장에 있는 원두막에서 모처럼
여유롭게 손자들의 재롱을 보면서 함께 점심을 먹었다. 이게 사람이 살아
가는 맛이 아닐까 하는 생각이 새삼 들었다.

점심을 먹은 후에 할아버지는 성규에게 꿀벌들이 살아가는 모습을 보여주고 싶었다. 벌에게 쏘이지 않기 위하여 벌옷을 입히고 장갑도 끼워 완전무장을 시킨 후 벌집이 있는 곳으로 데려갔다. 벌통 뚜껑을 열고 벌집을 하나 꺼내어 보여주면서 여왕벌을 중심으로 꿀벌들이 군집생활하는 모습에 대하여 설명을 해주었다. 그런데 벌들이 주변을 날아다니는 것을 본 성규는 겁이 났던 모양이었다. 설명을 다 마치기도 전에 빨리 돌아가자고 했다. 할아버지는 이제 초등학교 1학년에 다니는 손자에게 꿀벌에 대하여 설명을 해준 것이 너무 성급한 선행교육이었나 하는 생각이 들었다.

소나무 아래로 돌아와서 이번에는 아이들과 메뚜기를 잡으러 나섰다. 할아버지가 풀숲을 휘젓고 다니면 메뚜기들이 놀라서 펄쩍 뛰기도 하였고 날아가기도 하였다. 아이들은 "할아버지! 저쪽으로 날아갔어요." 하면서 할아버지에게 메뚜기가 날아간 곳을 알려주었고, 할아버지는 아이들이 가리키는 곳으로 가서 메뚜기를 잡아 채집통에 넣으며 한때를 놀았다.

여러 가지 종류의 메뚜기를 잡아 채집통에 넣어두고 다음에는 감을 따러 나섰다. 감은 높은 곳에 달려있어 사다리를 타고 올라가야 했다. 어린 성하는 위험해서 오지 말라고 하고 성규만 데리고 갔다. 할아버지는 사다리를 받쳐주고 성규에게 직접 올라가서 감을 따도록 하며 농사 체험을 시켜주었다.

농장에는 대추 열매도 익어가고 있었다. 대추는 낮은 가지에 열려있어 성하도 딸 수 있었다. 대추는 열매가 익으면 색깔이 연두색에서 갈색으로 변하는 것이라고 설명을 해주고 익은 것을 골라 따도록 했다. 대추는 많이 열려있었지만 조그만 소쿠리에 한 소쿠리 정도를 채우고 나머지는 뒤에 따도록 남겨두었다.

오늘은 손자들에게 벌이 살아가는 모습을 보여주고 메뚜기를 잡으며 놀았다. 또, 가을걷이를 하면서 하루를 보냈다. 할아버지는 손자들에게 이러한 체험을 시켜주는 것이 참 즐겁고 보람이 있었다. 하지만 인생은 유한하고 손자들은 자라면 더 크고, 더 넓은 세상으로 나아가야 하기에 손자들과의 동행하는 삶도 오늘처럼 계속될 수는 없을 것을 생각하게 된다. 할아버지가 이 세상에 없더라도 손자들 기억 속에는 할아버지와 함께했던 시간들이 오래 남아있기를 소망해 보았다.

감자를 심은 후 손자들을 수레에 태워 놀다

농장에는 봄이 오고 매화꽃이 피고 있었다. 이번 주말에는 아들 내외도 손자들과 함께 왔다. 아들 가족이 왔으니 점심을 먹어야 되는데 오늘은 날씨가 포근하여 야외탁자에서 먹기로 했다. 반찬이라야 농장에서 나는 채소와 소시지구이 등 일상과 특별히 다른 것도 없지만, 농장에서 아들 내외와 손자들과 함께 먹으니 더욱 맛이 있었다.

할아버지가 바라는 삶이 바로 이런 것이라는 생각이 들었다. 우아한 분위기를 풍기는 고급 음식점에서 맛있는 요리로 외식을 해야 맛이 있는 것이 아니고, 할아버지가 일구고 있는 농장에 와서 할아버지가 가꾼 채소들로 가족들이 함께 둘러앉아 먹는 이것이 할아버지에게는 최고의 외식이라는 생각이 들었다.

점심을 먹은 후 아이들과 함께 작년에 만들었던 '성규·성하의 주말농장'부터 먼저 일구었다. 할아버지가 퇴비를 뿌리고 삽으로 땅을 뒤집어엎는 시범을 보여준 다음 아들에게 손자들과 함께하라고 했다. 그런데 아이들에게 삽은 키에 비해 너무 길고 무거웠다. 성하는 삽질로 흙을 퍼낼 수가 없어 두 손으로 삽자루를 잡고 낑낑거리고 있었다.

이렇게 해서는 안 되겠다는 생각이 들었다. 아빠는 삽으로 하고, 아이들은 호미로 흙을 파도록 해서 땅을 일구었다. 아빠와 함께 일군 땅에 씨앗을 뿌리고 새싹이 나오면 아빠와 함께 일구었던 아름다운 기억들도 함께 자라서 꽃이 피게 될 것이다.

아이들에게는 그게 참 재미있는 놀이가 되었다. 둘이서 이랑 양쪽에 쪼그려 앉아 할아버지가 씨감자를 넣으면 서로 먼저 흙을 덮으려고 하면서 묻었다. 할아버지는 감자 파종을 하면서 일을 하고 있었고, 아이들은 감자 파종을 하면서 놀이를 하고 있었다.

손자들만의 주말농장을 일군 후에 감자를 심으러 갔다. 아이들이 감자를 처음 심어보는 것은 아니지만, 할아버지는 심기 전에 감자 심는 방법에 대해 다시 설명을 해주었다. 그리고 할아버지가 이랑 가운데로 골을 낸 후에 씨감자를 적당한 간격으로 넣으면 손자들이 흙을 덮도록 했다.

감자를 심은 다음 아이들은 아빠와 놀도록 하고 할아버지는 과수원에 퇴비를 넣기 위해 땅을 파고 있었다. 아빠와 나무 그네를 타고 놀던 둘째 성하가 "할아버지, 같이 하자요." 하면서 옆에 왔다.

아빠와 노는 것보다 할아버지가 삽으로 땅을 파는 것이 더 재미있게 보였던 모양이었다. 하지만 성하는 아직 어려서 함께 삽으로 흙을 팔 수가 없었다. 할아버지는 성하와 함께 삽에 발을 얹어 땅을 파는 시늉을 하며 놀아주었다.

땅을 일군 다음 과수나무에 거름을 주기 위해 퇴비를 세발수레에 실어 날랐다. 성하가 따라와 수레에 태워달라고 했다. 성하를 태워주었더니 첫째 성규도 "할아버지, 나도 태워주세요." 하면서 뛰쳐나왔다. 할아버지는 하던 일을 잠시 멈추고 손자 둘을 세발수레에 태워서 과수원을 '왔다 갔다' 하면서 놀아주었다.

주말을 이용해서 농사를 짓기 때문에 할아버지는 농장에 오면 늘 바쁜데 손자들과 놀아주며 일을 하니 일은 예정대로 진척되지 않았고, 그래서 더욱 바쁜 하루를 보냈다. 그럼에도 불구하고 손자들과 보낸 하루가 재미있고 즐거웠다.

형 대신 할아버지가 성하와 놀아주다

이번 주말에는 첫째 손자 성규가 친구들과 약속이 있어 함께 오지 못하고 둘째 성하만 데리고 왔다. 형제 둘이 함께 오면 할아버지가 놀아주지 않아도 저희들끼리 잘 노는데 오늘은 형이 오지 않아 할아버지가 성하를 데리고 놀아주기로 했다.

농장에 오니 유채꽃이 활짝 피어있었다. 할아버지는 성하를 유채꽃이 피어있는 밭으로 데리고 가서 사진을 찍어주었다. 이 세상의 모든 할아버지가 다 그렇겠지만, 할아버지 눈에는 유채꽃보다 손자 성하가 더 아름답게 보였다.

그리고 손자의 손을 잡고 올챙이가 있는 개울가로 가보았다. 개울가에는 올챙이들이 고물고물 헤엄치며 놀고 있었다. 할아버지는 매미채로 올챙이를 잡아 보여주며 놀아주었다. 또 꽃밭에 가서 핑크뮬리도 심고, 장미도 함께 심으며 놀아주었다. 성하는 종일 할아버지를 따라 다녔고, 할머니가 푸성귀를 채취하면 할머니를 따라 다니며 놀았다.

그러다 땅에 땅거미나 무당벌레들이 기어 다니는 것이 보이면 곤충들을 잡아 손바닥에 올려놓고 놀았다. 형 성규가 성하만 할 때 그랬던 것처럼 성하의 눈에는 농장에 오면 눈에 보이는 모든 것이 신기하게 보이는 것 같았다. 할아버지는 형이 먼저 지나간 시간의 간이역을 동생이 뒤따라 지나가고 있는 모습을 보고 있었다.

잡초를 뽑으라고 했는데 둥글레 싹을 뽑아 놓고

이번 주말에는 핑크뮬리를 심기 위해 모종을 사 가지고 왔다. 핑크뮬리는 가을에 피는 핑크색 꽃이 인상적이어서 농장에 가을 분위기를 느껴보기 위해 심기로 했다. 핑크뮬리는 할아버지가 혼자 심어도 되지만 아빠와 손자들이 함께 심어두면 관심과 느끼는 바가 다를 것 같아 아빠와 함께 심으라고 했다.

핑크뮬리를 심은 다음, 성규에게 꽃밭에 돋아나고 있는 잡초를 뽑으라고 하고 할아버지는 채소밭에 일을 하러 갔다. 일을 하다 아이들이 잘하고 있는지 살펴보러 와봤다. 성규는 잡초를 뽑지 않고, 봄이 오는 것을 알고 새로 올라오는 둥글레 새싹들을 뽑고 있었다. 할아버지는 어이가 없고 낭패감이 들어 "잡초를 뽑으라고 했는데…" 하고 야단을 쳤다.

성규는 성규대로 할 말이 있었다. "할아버지, 미리 말씀해 주셔야지요." 하면서 하던 일을 그만두고 방으로 들어가 버렸다. 잡초와 화초를 구별하는 방법을 가르쳐주지 않은 것은 할아버지 잘못이 맞다. 새싹들이 추운 겨울을 이겨내고 봄을 기다려 올라오기 시작하는데 손자에게 뽑혀버린 것을 생각하니 말 못하는 식물이지만 마음이 안쓰럽게 느껴졌다.

그때 성규가 다시 방에서 나와 좋은 수가 있다고 했다. 이미 엎질러진 물인데 좋은 수가 있을 수 없었다. 성규는 "할아버지, 테이프로 다시 붙이면 되잖아요?" 하는 것이었다. 할아버지는 무엇이든지 상상만 하면 현실이 되는 동화책을 읽고 있는 느낌이 들었다.

그네를 타는 것보다 할아버지와 노는 것이 더 좋아

아이들은 할머니와 나무 그네를 타며 놀도록 하고 할아버지는 채소밭에 일을 하러 갔다. 아이들은 할머니가 뒤에서 밀어주는 나무 그네를 타며 재미있게 놀았다. 할아버지는 잡초를 뽑고 있는데 아이들이 할아버지에게 와서 같이 하자고 했다. 나무 그네를 타고 노는 것보다 할아버지와 함께 잡초를 뽑는 것이 더 재미있게 보였던 모양이었다. 일을 하는 것과 노는 것은 사람이 생각하기에 따라 일이 놀이가 되고 놀이가 일이 되는 것이라는 생각을 해보게 된다.

직장을 은퇴하고 인생 후반부를 살아가고 있는 할아버지는 세월이 흘러갈수록 주변 사람들이 하나둘 멀어져가고 자식들도 슬하를 떠나 혼자 남아 있는 것 같은 느낌을 가지게 되고 더 깊은 고독의 성으로 들어가고 있는 듯한데 할아버지를 필요로 하고 놀아달라는 손자가 있어 외롭지 않은 것 같았다. 하지만 잡초와 채소를 구별 못하는 아이들에게 잡초를 뽑으라고 힐 수는 없었다. 할아버지는 하던 일을 중단하고 손자들과 메뚜기를 잡으며 놀아주기로 했다.

성규는 이제 초등학교 1학년이 되어 스스로 메뚜기를 잡을 수 있다. 할아버지는 손자들이 메뚜기를 직접 잡아보도록 풀숲을 헤집고 다니며 메뚜기 몰이를 해주었다. 할아버지가 풀밭을 지나가면 메뚜기들은 뛰거나 날아갔고, 성규는 메뚜기를 따라가 잠자리채로 잡았다. 채집통을 들고 따라다니던 성하는 형이 메뚜기를 잡으면 채집통에 넣으며 함께 놀았다. 그리고 잡은 메뚜기를 성규는 채집통에서 꺼내어 나무 그네에 앉아서 가지고 놀았다.

　성규가 어릴 적에는 할아버지가 곤충을 잡아주면 물릴까 봐 도망을 갔었고, 또 좀 더 자라서는 조심스럽게 살짝 만져보곤 하였는데 이제는 메뚜기를 스스로 잡아서 가지고 놀 만큼 자라 있었다. 그만큼 할아버지는 늙어갔을 터인데 그걸 모르고 할아버지는 손자들이 자라는 것만 보면서 흐뭇한 마음을 가지게 된다.

겨울농장에 와서 연날리기를 하며

아이들과 연날리기를 하기 위해 겨울에 농장에 왔다. 노지에서 겨울을 넘기고 있는 채소들은 추위를 견디지 못하고 잎이 널브러져 있었다. 혹독한 추위를 견디어내며 힘들게 살아가는 월동채소들을 보면서 '시련이 없으면 영광도 없다.'라는 교훈을 읽게 된다. 농장을 둘러보고 있는 사이 성하는 시키지도 않았는데 물뿌리개에 물을 담아와 양파 이랑에 물을 주고 있었다. 할아버지를 따라 농장에 자주 온 성하가 어깨너머로 농사일을 배우고 또 실습하고 있었다.

겨울에 농장에 오면 손자들과 연날리기를 하며 논다. 아파트가 밀집한 도회지에서는 실내에서만 놀게 되고, 어린이 놀이터에 가도 높은 건물로 인해 하늘로 연을 날리며 놀 수는 없다. 그런데 할아버지 농장에 오면 사방이 탁 트여서 마음대로 연을 날리며 놀 수 있기 때문에 식물이 자라지 않는 겨울에도 연을 날리기 위해 손자들을 데리고 농장에 오게 된다.

농장에 오면서 가오리연과 얼레 그리고 연줄을 사 가지고 왔다. 아이들이 스스로 연을 날릴 수 있도록 할아버지가 연줄을 매어 하늘 높이 날려 보낸 후 손자들에게 얼레를 건네주었다.

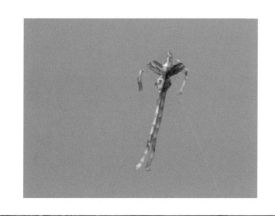

아이들은 연줄을 감았다 풀었다 하며 연을 조종하면서 놀았다. 아이들이 노는 모습이 재미있게 보여 할아버지와 할머니도 손자들의 얼레를 건네받아 연을 날려보며 함께 놀았다.

할아버지 할머니는 손자들이 있어 과거 유년 시절로 시간을 거슬러 올라가 동심의 세계를 함께 즐겼다.

코로나를 피해 손자들을 데리고 농장에

예전에 미처 겪어보지 못했던 코로나로 인하여 사회적 거리두기 운동이 전개되고 있다. 손자들은 학교에도 갈 수 없고, 아이들이 모이는 놀이터에도 갈 수 없어 집안에서 지내야만 했다. 그런 날이 하루 이틀이 아니고 한 달이나 지나고 있으니 숨이 막힐 지경이 되어가고 있다.

아파트에서 갇혀 지내야만 하는 손자들이 보기에 안쓰러워 할아버지는 손자들을 데리고 농장에 왔다. 도회지에서 갇혀 지내야만 했던 아이들은 농장에 오자마자 '고삐 풀린 망아지'처럼 잔디밭으로 과수원으로 뛰어 달리며 놀았다.

3월이 되어 농장 개울가에는 개구리들이 알을 까놓았고 일부는 올챙이가 되어 헤엄쳐 다니고 있었다. 돌맹이들을 뒤져보니 개구리와 도롱뇽이 숨어있었고 도롱뇽 알도 보였다.

도롱뇽이 살고 있다는 것은 할아버지 농장이 아직도 인간의 때가 묻지 않고 자연 그대로 보존되어있다는 것을 뜻한다. 할아버지는 손자들을 불러 개구리와 도롱뇽의 알들이 봄이 오면 부화하는 과정을 설명을 해주었다.

그리고 손자들과 과수원에서 술래잡기를 하며 놀아주고 있는데 무당벌레가 땅에 기어가는 것이 보여 아이들에게 잡아주었다. 성규는 무당벌레를 잡아서 손바닥 위에 올려놓았는데 무당벌레는 꼼짝하지 않고 죽은 척했다. 성규는 무당벌레가 죽은 줄 알고 다시 땅바닥에 놓아주었는데 무당벌레는 하늘로 날아가 버렸다. 무당벌레의 위장술에 성규가 넘어간 것이었다.

무당벌레를 놓친 아이들은 이번에는 돌을 주워 돌탑을 쌓으며 놀았고, 또 돌을 주워 누가 멀리 던지는지 시합을 하면서 놀았다. 돌 던지기가 흥미가 없어질 때는 소나무에 달려 있는 솔방울을 비닐을 덮을 때 사용하는 활대로 따서 소쿠리에 담아 누가 많이 땄는지 겨루며 놀았다.

　아이들은 코로나로 인한 사회적 거리두
기로 도회지에서는 아무 데도 갈 수 없고
아무것도 할 수 없이 밀폐된 공간에 갇혀
서 살아야 했는데 할아버지 농장에 와서
마음대로 뛰놀며 놀았고 즐거운 하루를 보
냈다.

　　　　　　할아버지 농장이 아이들에게 사막의 오
　　　　　　아시스 같은 곳이었다.

식물에 물을 주라고 했더니 물장난을 치고

채소밭에는 새싹들이 올라오고 과수원에는 봄꽃들이 피고지고 있다. 성규는 농장에 와서 "할아버지, 오늘은 뭘 할까요?" 하고 물었다. 할아버지는 성하와 함께 블루베리와 딸기밭에 물을 주라고 하였다. 할아버지가 먼저 시범을 보여주며 시켰더니 둘이서 물뿌리개에 물을 담아와 블루베리와 딸기밭에 물을 주었다.

그리고 장미가 심어진 꽃밭에도 물을 주어야 했다. 그런데 여기에는 물뿌리개로 주지 않고 호스를 당겨와 호스 끝을 손가락으로 눌러 수압을 조절하면서 물을 흩뿌려 주어야 했다.

아이들이 할 수 있는 일이 아니어서 할아버지가 직접 수압을 조절하면서 물을 흩뿌려 주고 있는데 성규가 "할아버지! 나도 한번 해보고 싶어요."라고 하였다. 할아버지는 손가락으로 물을 분사시키는 방법을 가르쳐주고 호스를 성규에게 건네주었다.

성규는 손가락으로 호스 끝 구멍을 조절하여 물을 외줄로 하늘 높이 쏘아보기도 하고, 부채꼴 형태로 사방으로 흩트려보기도 하면서 물을 주었다. 그리고 성하는 양파 이랑에 혼자서 물을 주고 있었는데 형이 꽃밭에서 물을 흩뿌리면서 주는 것을 보더니 그게 더 재미있게 보였던 것 같았다.

물뿌리개를 팽개치고 형에게 "나도 한번 해보자."라고 했다. 성규는 물을 뿌리는 요령을 가르쳐주고 호스를 동생에게 건네주었다. 오늘은 다투지 않고 동생에게 건네주는 것이 의아했다. 알고 보니 성규도 속셈이 있었다. 동생이 호스로 나오는 물로 자기에게 쏘게 하고 자기는 도망가면서 "나에게 쏘아보라." 하면서 놀이를 하고 있었다.

할아버지는 농장에 오면 식물을 가꾸기 위해 물을 주는데, 손자들은 물을 주는 것을 재미있는 놀이로 만들어 즐기고 있었다.

농장의 초여름은 수확의 계절이다

6월이 오면 농장은 수확의 계절이 된다. 과수원에는 블루베리와 산딸기가 익어 있고 보리수도 딸 때가 된다. 채소밭에는 감자를 캘 때가 되고, 곧이어 마늘과 양파도 뽑을 때가 되어간다.

할아버지는 작업복을 갈아입고 손자들과 함께 산딸기와 블루베리를 땄다. 아이들은 산딸기를 따서 먹기도 하고 소쿠리에 담기도 하였다. 할아버지가 과수나무를 심은 것은 돈을 벌기 위한 것이 아니고 아이들과 함께 과실을 따 먹는 재미와 즐거움을 누리기 위함이었고, 아이들에게 농사체험을 시켜주기 위함이었는데, 오늘 그 모습을 보고 있었다.

아이들이 따가지고 온 산딸기를 소나무 그늘에서 먹고 있는데 채소밭에서 나비가 날아가는 것이 보였다. 손자들은 산딸기를 먹다 말고 나비를 잡기 위해 매미채를 들고 채소밭으로 가서 나비를 쫓아다녔고, 나비는 매미채를 피해 이리저리 도망 다녔다. 아직 손자들이 어려서 나비를 잡지는 못했지만 한동안 나비를 쫓으면서 노는 모습을 보는 것만으로도 할아버지는 재미가 있었다.

점심을 먹은 후에는 감자를 캤다. 손자들에게 호미를 하나씩 쥐어 주고 감자 이랑이 있는 곳으로 가서 할아버지와 함께 캤다. 할아버지가 호미로 흙을 파헤치면 하얀 감자덩이가 드러났고 아이들은 서로 먼저 캐려고 경쟁을 하며 캤다.

감자를 캐어 담은 소쿠리를 할아버지와 성규가 함께 들고 나왔다. 할아버지 혼자도 들고 나올 수 있는데 성규와 함께 들고 나오면서 어린 손자와 소꿉놀이를 하고 있었다.

도회지에서는 학교 공부와 숙제에 찌든 아이들인데 할아버지 농장에 오면 항상 즐겁게 뛰논다. 할아버지가 농사지은 열매들을 따 먹고, 감자를 캐고, 곤충을 잡으며, 뛰어다니는 모습을 보면서 할아버지는 아이들에게 주말농장이 쉼터가 되고 새로운 에너지를 재충전하는 공간이 되고 있다는 생각이 들었다.

농장에 간이풀장을 만들어

연일 폭염이 계속되고 사람들은 산으로 바다로 피서를 떠나고 있다. 하지만 올해는 코로나로 인하여 피서를 떠나는 것도 부담이 되었다. 할아버지는 사람들이 붐비지 않는 할아버지 농장에서 손자들과 피서를 하기로 하였다.

농장에서 아이들이 물놀이를 할 수 있도록 간이풀장을 설치하고 해먹도 설치하고, 야영 기분을 낼 수 있도록 텐트도 준비해놓고 아이들을 데리고 왔다. 아이들은 풀장을 보더니 옷을 벗고 뛰어들었고 서로 물장난을 치고 놀았다. 또 어디서 가져왔는지 모르지만, 물바가지를 한 개씩 가져와 머리에 얹고 서로 치고받는 놀이를 하고 놀았다. 할아버지가 만들어준 간이풀장에서 아이들이 재미있게 노는 모습을 지켜보는 것도 할아버지는 재미가 있었다.

재미를 더해주기 위해 할아버지도 함께 놀아주기로 하고 풀장으로
들어갔다. 할아버지가 들어오자 아이들은 둘이 한 팀이 되어 할아
버지를 향해 물을 치면서 공격을 하였다. 할아버지는 손으로 얼굴을
가리며 방어를 하기도 하고 때로는 반격도 하면서 함께 놀아주었다.

물놀이를 마치고 "성규야, 할아버지와 물놀이하는 것이 재미있었니?" 하고 물어보았다. 성규는 빙긋이 웃으면서 "우리는 재미있었는데 할아버지는 아마 힘들었을 걸요?" 하는 것이 아닌가.

할아버지는 손자들과 놀아주면 항상 '갑'이 아니고 '을'이 되어 놀아주고 있는데 그래도 손자가 알아주고 있으니 벌써 철이 이만큼 들었나 하는 생각이 들었다.

아이들은 할아버지를 공격하는 재미에 즐거웠고, 할아버지는 손자들이 몰놀이를 하면서 좋아하는 모습을 보는 것이 즐거웠다. 그런데 둘째 성하는 입술을 달달 떨고 있었다. 풀장을 채운 물은 지하수를 끌어올린 물에 뜨거운 물을 섞어 수온을 조절했는데 차가웠던 모양이었다. 할아버지는 성하가 감기에 걸릴까 봐 타월로 감싸서 땡볕이 내리쬐는 잔디밭으로 데리고 가서 체온을 높이도록 해주었다.

한낮 땡볕 아래서 방울토마토를 따자는 손자

손자들이 방학을 이용하여 할아버지 농장에 왔다. 할머니가 가져온 수박을 원두막에서 쪼개 먹으며 더위를 식히고 있었다. 그런데 성규가 갑자기 방울토마토를 따러 내려갔다. 원두막에서 수박을 먹다 보니 빨갛게 익은 방울토마토가 보였던 모양이었다. 첫째 손자 성규는 초등학교 3학년이다. 할아버지를 따라 농장에 자주 왔기 때문에 이제 할아버지가 시키지 않아도 스스로 열매들을 따 먹기도 하고 소쿠리에 담아서 오기도 한다.

할아버지는 지금은 덥다며 시원할 때 따자고 했다. 보통 농부들은 여름철 한낮에는 일을 하지 않고 해가 질 때쯤 시원할 때를 기다려 일을 한다. 그런데 성규는 방울토마토를 따며 "할아버지, 덥지 않아요. 내려와 보세요."라고 하였다. 손자가 내려와 보라고 하는 말에 할아버지도 내려가 함께 땄다.

여름 한낮이지만 막상 내려와 보니 생각만큼 덥지는 않았다. 오후 시원할 때 따기로 했던 열매들을 내친김에 따기로 하고 둘째 성하도 불렀다. 손자들과 함께 땡볕에서 방울토마토를 따고, 옥수수를 따고 손으로 딸 수 없는 가지와 오이는 전정가위로 따서 소쿠리에 담았다. 손자들은 한여름 더위보다 열매들을 따는 재미가 있다 보니 더위를 잊고 여름방학의 추억거리를 만들고 있었다.

배추를 심는데 성하는 모종 위에 흙을 덮어

낮 동안 간이풀장에서 할아버지와 아이들은 물놀이를 하며 놀고 오후 시원할 때를 기다려 김장배추를 심기로 했다. 그런데 늦은 오후가 되어도 더위는 계속되었고 더 이상 기다릴 수 없어 더운 가운데 배추를 심어야 했다. 그럼에도 불구하고 아이들은 배추 심으러 가자고 하니 좋아하며 따라나섰다.

첫째 성규는 할아버지를 따라와 배추를 자주 심어봤기 때문에 잘 심는데 올해 여섯 살이 된 성하는 미덥지 않았다. 그래서 성하에게는 호스로 물을 주는 역할을 맡기고 심었다.

할아버지가 모종삽으로 이랑에 구덩이를 파면, 둘째 성하는 물을 붓고, 다음으로 할아버지가 모종을 구덩이에 옮겨 놓으면, 첫째 성규는 흙을 채우도록 역할을 분담해서 심어나갔다. 그런데 성하는 물을 붓는 것보다 형이 하는 흙 채우는 역할이 더 재미있게 보였던 것 같았다.

자기가 흙을 채우는 역할을 하겠다고 해서 싱규와 역할을 바꿔서 했다. 그런데 동생은 아직 식물을 심는 원리를 모르고 있었다. 모종을 할아버지가 판 구덩이에 넣으면 빈 곳에 흙을 채워야 하는데 흙을 한 움큼 쥐고 어린 배추 모종 위에다 덮어버리는 것이었다.

형은 모종 주변으로 흙을 채워 넣어야 하는 이유를 알고 심었고, 동생은 흙을 채워 넣는 이유도 모르고 맹목적으로 할아버지가 구덩이를 파면 흙을 넣는 것으로 따라 한 것이다. 오뉴월 하루 볕이 무섭다고 하는데 형과 동생은 배추를 심는 데 세대 차이가 나고 있었다.

planting napa cabbage

둘째 성하와 함께 양파 이랑을 만들고

이번 주말에는 양파를 심을 예정이다. 할아버지가 이랑을 만들고 있는데 형과 놀고 있던 성하가 함께하자고 왔다. 형과 노는 것보다 할아버지가 힘들게 삽으로 흙을 파는 것이 더 재미있게 보였던 것 같았다. 할아버지가 쇠갈퀴로 이랑을 만들고 있는데 성하는 제 키만 한 삽을 들고 와서 땅을 파고 있었다.

이랑을 만든 후 멀칭을 할 차례가 되었다. 멀칭은 혼자서 할 수 없다. 할아버지가 비닐 한쪽 끝을 잡고 성하에게 이랑 끝으로 끌고 가도록 하고 할아버지는 비닐 가장자리를 흙으로 묻었다. 전에는 첫째 성규가 비닐 멀칭하는 것을 도왔는데 올해는 성하가 돕고 있었다. 성규는 이제 커서 할아버지와 함께 멀칭하는 일에 관심이 없었고, 성하는 자라면서 새로 흥미를 가지는 것을 보게 된다. 할아버지의 농사 파트너가 성규에게서 성하로 옮겨가고 있었다.

이랑을 만든 후 양파를 심을 때는 첫째도 불렀다. 일손이 모자란 건 아니지만 손자들과 함께 하면 재미가 배가 되고 아름다운 추억을 만들 수 있기 때문이었다. 그런데 첫째는 둘째만큼 양파를 심는 일에 흥미가 없는 것 같았다. 성규가 성하만 할 때는 오늘의 성하처럼 할아버지가 하는 일이라면 무조건 따라 하고 좋아했는데 자라면서 흥미를 잃어가고 있는 모습을 보게된다. 언젠가는 할아버지와 손자가 함께 농장에 와서 식물을 가꾸며 즐기는 일도 변화가 있을 것을 내다보게 된다.

겨울 농장에서 팽이치기를 하다

겨울농장에 손자들을 데리고 왔다. 겨울에는 농사지을 일이 없으니 여유로운 시간을 가지고 아이들에게 맛있는 것이나 먹이고 농장에서 연날리기와 팽이치기를 하면서 놀아줄 계획을 하였다. 점심은 아이들이 좋아하는 털게를 사 와서 쪄서 먹이고, 또 갈치를 숯불에 구워 먹였다. 그리고 후식으로 고구마와 밤을 숯불에 구워주었다.

점심을 먹은 후에는 아이들과 연을 날리며 놀아주었고, 팽이치기를 하면서 아이들과 함께 놀았다. 연날리기는 겨울이면 해마다 농장에 와서 해보았기 때문에 연만 하늘에 날려주면 스스로 잘 놀았는데 팽이치기는 처음이어서 잘 가지고 놀 줄 몰랐다.

할아버지가 어릴 적 기억을 되살려 팽이를 손으로 돌려놓고 채로 쳐 팽이가 쓰러지지 않고 계속 돌아가도록 시범을 보여주었는데 요즈음 아이들은 그래도 잘할 줄 몰랐다.

하는 수 없이 놀이방식을 바꾸었다. 손자들은 장난감 로봇을 가져와 방어막을 치고, 할아버지는 팽이를 돌려 로봇을 공격하는 게임을 하며 놀았다. 과거를 살아온 할아버지와 정보화시대를 살아가는 손자들이 노는 방식을 접목시켜 팽이와 로봇이 공격과 방어를 하며 논 것이다.

할아버지에게 어릴 적 시골에서 자랐던 기억이 고향의 향수로 남아있듯이 글로벌 시대를 살아가는 손자들이 어디서 어떻게 살아갈지라도 할아버지와 함께 농장에서 연을 날리고 팽이치기를 하면서 놀았던 오늘 이 시간들이 고향의 향수로 남아있기를 소망해 보았다.

제4부
떠날 준비,
보낼 준비를 하다

2021년~2024년

손자들이 직접 심어 가꾸어보도록 하다

농장에 오는 길에 블루베리 묘목을 2그루 사 가지고 왔다. 해마다 봄이 오면 과수나무를 사 가지고 와서 심기도 하지만, 올봄에는 심는 의도가 달랐다. 지금까지는 할아버지가 심고 가꾸어서 열매가 열리면 손자들이 따 먹으며 농사 체험을 시켜주기 위해 심어왔는데, 올해는 아이들이 직접 심어 가꾸어서 열매가 열린 것을 보고 뭔가 성취감 같은 것을 느껴보도록 하기 위해 사 가지고 온 것이다.

그런데 성규는 할아버지의 이런 의도를 모르고 이번 주말에 친구 생일 잔치에 초대받았는데 가지 못하게 되었다고 투덜거렸다. 어릴 적에는 주말이면 언제나 할아버지를 따라 농장에 오던 손자들이었는데 아이들이 자라면서 학교에 가고, 친구가 생기면서 더 넓은 세상으로 나아가게 되고, 할아버지와 손자들이 가꾸어 온 주말농장에서의 일상도 이전처럼 계속되지는 않을 것을 내다보게 된다. 그럼에도 불구하고 이번 주말에는 다소 무리를 해서라도 데리고 왔다. 생일잔치는 단 하루의 즐거움에 그치지만 아이들이 할아버지를 따라 농장에 와서 블루베리를 직접 심어 가꾸어서 열매를 따 먹으면 먼 훗날 아이들이 자라서 어른이 되어도 아름다운 추억으로 남을 수 있기 때문이었다.

농장에 와서 다른 일을 하기 전 블루베리부터 먼저 심기로 했다. 그런데 블루베리는 보통 과수나무와 달리 일반 흙에서는 잔뿌리가 머리카락처럼 가늘기 때문에 번져나가지 못하고 자라지 못한다. 그래서 할아버지가 먼저 블루베리 뿌리가 잘 뻗어 나가도록 피터모스와 펄라이트를 적당히 배합한 이랑을 만들어놓은 후 첫째 손자 성규만 먼저 불러서 함께 심고 그다음에 둘째 성하를 불러 함께 심은 후에 각자 자기가 심은 나무에 자기 이름이 적힌 이름표를 붙이고 기념사진도 찍어두었다.

성규는 오늘 친구 생일잔치에 참석 못 했다고 투덜거렸지만, 먼 훗날 아이들이 자기가 심은 나무에서 꽃이 피고 열매가 열려 직접 따 먹을 때가 오면 할아버지와 함께 심기를 잘했다는 생각을 할 것을 믿고 손자들을 데리고 와서 함께 심어두었던 것이다.

표고버섯과 느타리버섯의 종균을 넣다

블루베리 묘목을 심은 후 표고버섯과 느타리버섯의 종균도 아이들과 함께 넣었다. 주말을 이용하여 취미생활로 주말농장을 가꾸면 보통 채소를 심고 여유 공간이 있으면 과수나무를 심어 가꾸지만 버섯을 재배하는 경우는 드물 것인데, 할아버지는 버섯도 재배해 보았고 손자들에게도 체험을 시켜주었다.

표고버섯은 참나무에서 잘 자라고 느타리버섯은 버드나무에 종균을 넣어두면 버섯이 올라온다. 할아버지는 아이들에게 버섯 재배에 관한 농사 체험을 시켜주기 위해 지난 주말에 미리 참나무와 버드나무를 구해서 버섯 종균을 넣기 위해 구멍을 뚫어놓았다.

그리고 이번 주말에는 종균을 구해와 주입하기로 했다. 손자들과 함께 넣어두면 뒷날 버섯이 올라왔을 때 버섯이 어떻게 자라는지 그 과정을 직접 보게 될 것이고, 일반 식물 재배와는 다르게 죽은 나무에서 생명이 올라오는 자연의 신비로움을 체험하게 될 것이라고 생각해서 아이들과 함께 종균을 넣어두었다.

완두콩을 따서 삶아 먹다

이번 주말은 농장에 와서 점심부터 먹었다. 농장에 오면서 사 온 김밥과 어묵을 원두막에 올라가 펼쳐놓고 모두 둘러앉아 함께 먹었다. 점심 메뉴는 단출했지만 농장에서 손자들과 함께 먹으니 야외로 소풍 나온 기분이 들어 맛이 있었다.

점심을 먹은 후 손자들은 원두막에서 놀도록 하고 할아버지는 고추밭에서 곁가지를 따내고 있었다. 엎드려 일하고 있는데 아이들 소리가 나서 고개를 들어보았다. 아이들은 원두막에서 내려와 산딸기밭에서 산딸기를 따 먹고 있었다.

작년까지만 해도 할아버지가 따는 방법을 가르쳐주고 높은 가지에 달린 열매는 끌어당겨 주어야 딸 수 있었는데, 올해는 할아버지가 도와주지 않아도 스스로 따 먹고 있었다.

산딸기도 맛이 있지만 완두콩도 삶아 먹으면 맛이 있고 좋은 간식거리가 된다. 마침 완두콩도 딸 때가 되어 손자들과 함께 따서 삶아 먹기 위하여 아이들을 불렀다. 완두콩은 익은 것과 덜 익은 것을 구별해서 따야 하고, 잘 못 따면 줄기가 딸려와 끊어지거나 뽑힌다. 그래서 할아버지는 줄기를 잡아주고 손자들은 잘 익은 완두콩을 골라 따서 소쿠리에 담도록 했다.

오전 일을 마치고 초여름 더위에 원두막에서 쉬고 있는데 할머니는 산딸기를 씻어 가져오고 완두콩도 삶아서 가져왔다. 할아버지와 할머니 그리고 성규 성하가 한 상에 둘러앉아 먹었다. 시장에 돈을 주고 사 먹는 맛이 아니고 할아버지가 농사지은 것이고 손자들이 딴 것이며 할머니가 삶아준 것이기 때문이 더욱 맛나게 느껴졌다.

보통 도회지에 사는 아이들은 패스트푸드에 입맛이 길들어져 있지만, 할아버지를 따라 농장에 오고 있는 손자들은 할아버지가 직접 재배한 과실과 완두콩도 맛나게 잘 먹어주어 할아버지는 고마웠고 농사지은 보람도 느꼈다.

새참으로 국수를 먹다

할아버지의 삶은 어제와 오늘이 다름없는데 주말이 되어 농장에 오면 지난 주말과 다른 새로운 세상을 만나게 되어 늘 새롭다. 지난 주말에 수확했던 산딸기는 끝물이 되어가고 있는데, 블루베리는 새로 딸 때가 되어있었고 살구와 복숭아 열매들은 다음 주말에 오면 따 먹을 수 있을 것 같다.

이번 주말은 할아버지 할머니 손자들이 모두 함께 블루베리를 땄다. 작년까지만 해도 성규는 익은 것과 덜 익은 것을 구별하지 못하고 아무것이나 땄는데 올해는 익은 것만 골라서 잘 따고 있었다. 어릴 때부터 할아버지를 따라 농장에 온 성규는 이제 할아버지를 닮아 꼬마 농부가 되어가고 있었다.

낮 동안 블루베리를 따고 새참으로 할머니가 삶아온 콩국수를 먹었다. 요즈음 도회지의 아이들은 치킨이라든지 피자 같은 패스트푸드를 좋아하는데 할아버지를 따라 농장에 온 손자들은 콩국수를 맛있게 잘 먹어주었다. 블루베리를 따고 새참으로 콩국수를 먹는 모습에서 주말이면 농장에 와서 심고 가꾸고 거두는 농사일 뿐만이 아니고 농부의 삶도 체험하고 있는 아이들을 보게 된다.

별미로 왕새우를 구워 먹다

일주일을 도회지에서 살고 주말이 되어 농장에 오면 식물을 가꾸는 재미도 좋지만 땀 흘려 일하고 원두막에 올라가 점심을 먹는 재미도 쏠쏠하다. 주말농장 초기에는 싱그러운 자연 속에서 김밥과 도시락을 사 와서 펼쳐 먹는 재미가 좋았고, 시간이 지나면서 삼겹살을 구워 우리가 직접 농사지은 상추, 쑥갓 등 야채를 곁들여 먹는 맛도 이전에 경험해보지 못한 새로운 맛이었다. 또 가을에 왕새우가 날 때쯤이면 간혹 왕새우를 구워서 별미로 먹게 된다.

이번 주말에는 아이들에게 별미를 맛보여주기 위하여 왕새우를 사가지고 왔다. 왕새우는 몸통과 머리 부분을 나눠서 몸통은 프라이팬에 소금을 깔아 구워 먹고 머리 부분은 기름에 바짝 튀겨서 먹으면 맛이 일품이다. 가을이 되어 별로 바쁜 일도 없어 아이들과 원두막에 올라가 왕새우구이를 해먹었는데 아이들은 맛있게 먹어주었다. 우리 속담에 "마른 논에 물 들어가는 것과 자식 입에 밥 들어가는 것이 제일 보기 좋다."라는 말이 있다. 할아버지는 아이들이 맛있게 먹는 것을 보니 먹지 않아도 배가 불렀다.

네잎클로버 찾기를 하고

계절은 가을에서 겨울로 접어들고 있었다. 농장에 가도 할 일은 없지만 손자들을 데리고 왔다. 집에 있으면 종일 집안에서 게임을 하면서 놀 것을 생각해서 집에서 노는 것보다 그래도 농장에 와서 노는 것이 나을 것 같아 데리고 온 것이다.

겨울로 접어들고 있는 농장은 잡초들도 갈색으로 말라가고 있는데 클로버들이 군집을 이루고 있는 곳은 아직 녹색을 이루고 있었다. 클로버는 보통 잎이 세 개가 붙어 있는데 간혹 잎이 네 개가 달린 것도 있다. 그래서 네 잎이 달린 클로버를 찾으면 행운이 온다는 속설도 있다.

　할아버지는 아이들과 네잎클로버 찾으며 놀기로 했다. 네 잎이 달린 클로버를 찾으면 행운의 상금으로 1만 원을 주겠다고 시상금도 걸었다. 아이들이 도회지에서 책을 펼쳐놓고 숨은그림찾기를 하듯이 농장 풀밭에서 네 잎이 달린 클로버를 찾으며 놀았다. 할아버지 할머니 그리고 손자 둘이서 한참을 찾았는데 우리에게 행운은 오지 않았다. 네 잎이 달린 클로버는 눈에 띄지 않았던 것이다.

　네잎클로버를 찾지 못하고 일어나 아이들과 활쏘기를 하면서 놀았다. 아이들이 농장에 오면서 장난감으로 가지고 놀기 위해 대나무로 만든 활과 화살을 사 왔다. 활을 쏘아서 맞출 과녁은 접이식 야외 탁자를 옆으로 뉘어서 탁자에 원을 그려 맞추기로 하였다. 재미를 더하기 위하여 원 안에 맞추면 10점, 원 밖에 맞추면 5점으로 해서 둘이서 번갈아 쏘며 놀았다.

　그리고 활쏘기에 흥미를 잃어갈 때는 감을 따러 갔다. 감은 올해 많이 열리지 않은 데다 까치들이 쪼아먹어 몇 개 남지 않았다. 그래도 아이들 농사체험을 즐길 정도는 달려 있었다. 할아버지는 사다리를 받쳐주고, 성규는 사다리를 타고 올라가 따고, 농생 성하는 딴 것을 소쿠리에 받쳐 담아 모았다.

　감을 따고 나도 해가 아직 남아있었다. 할아버지와 할머니 그리고 성규 성하가 농장 잔디밭에서 오징어 게임을 하고 숨바꼭질을 하며 남은 하루를 보냈다. 아이들이 집에 있으면 전자기기로 게임을 하면서 노는데 농장에 오면 여러 가지 놀이를 만들어 놀 수 있고, 따라서 몸과 마음을 건강하게 보낼 수 있어 좋았다.

　성규는 집으로 돌아오면서 "할아버지, 오늘은 농장에 와서 스마트폰으로 게임을 거의 하지 않았어요."라고 하였다. 아이들은 농장에 와서 게임에서 벗어날 수 있어 좋았고, 핵가족 시대에 가족의 중심에서 벗어나 살아가는 할아버지는 손자들과 함께 동심의 세계를 즐겨서 좋았다.

셋째 손자 성진이가 농장에 오다

서울에 사는 둘째 아들이 6월이면 캐나다에 가서 살기 위해 떠날 예정이다. 아들에게서 난 손자 성진이도 함께 떠나야 한다. 큰아들에게서 난 손자, 성규 성하는 주말이면 할아버지와 함께 농장에 와서 농사 체험도 하면서 놀 기회가 많았는데 둘째 아들에게서 난 손자 성진이는 그럴 기회가 없었다. 지금까지 서울에 살았기 때문이고, 나이도 이제 4살밖에 되지 않았기 때문이다.

그런데 캐나다로 이민을 가게 된다니 상당히 아쉬운 마음이 들었다. 아들이 떠나는 것도 아쉬움이 없지는 않지만 손자 성진이와 함께할 시간이 없는 것이 더 아쉬웠다. 성진이는 태어나면서부터 서울에서 살았고 그러다 외국으로 떠나게 되면 성진이의 기억에는 할아버지라는 존재는 없을지도 모른다. 그게 아쉬웠는데 아들 가족이 외국으로 떠나기 전에 인사를 하기 위해 부산으로 내려왔었다. 할아버지는 이 기회를 이용하여 성진이에게 할아버지에 대한 인상 깊은 추억을 남겨주기 위하여 농장으로 데리고 왔다.

농장에는 마침 산딸기와 블루베리가 익어가고 감자도 캘 때가 되었다. 손자는 오늘 잠시 왔다가 오후에는 떠나야 하는 짧은 시간이지만 할아버지는 손자에게 인상 깊은 추억을 많이 남겨주고 싶었다. 아직은 나이가 어려 아무것도 모르겠지만 먼 훗날이 되면 어릴 적 할아버지 농장에서 가족들과 함께 산딸기와 블루베리를 따 먹고 감자를 캤던 기억들이 살아있을 것을 기대하며 할아버지는 여러 가지 계획을 구상해 두었던 것이다.

아들 가족이 온다는 소식을 듣고 할아버지가 먼저 와서 준비를 하고 있는데 이내 도착했다. 손자 복장부터 챙겼다. '금이야 옥이야' 도회지에서 키운 손자가 벌레에 물리지 않도록 팔에는 토시를 착용시키고 발에는 장화를 신겼다. 그리고 얼굴이 햇볕에 그을리지 않도록 밀짚모자도 씌웠다. 장화는 부산의 손자들이 농장에 오면 신던 장화를 신기면 되었는데 햇볕을 가려주는 어린이용 모자는 없었다. 하는 수 없이 할아버지가 쓰는 밀짚모자를 씌워주었더니 병아리에게 우장을 씌운 꼴이 되어버렸다. 그런데 그게 할아버지 눈에는 더 귀엽게 보였다.

농사 체험을 할 준비를 마친 다음 아들 가족과 함께 농장을 둘러봤다. 풀밭에는 민들레 꽃이 피어있었고 어떤 것은 홀씨가 되어 바람에 날아가기도 하였다. 할아버지는 부산에 있는 손자들을 데리고 오면 놀아주었듯이 민들레 홀씨가 부풀어있는 꽃대를 꺾어 입으로 불어 날려 보내며 성진이에게도 해보라고 하였다. 성진이는 할아버지가 시킨 대로 꽃대를 받아 입으로 불어 홀씨를 날려 보냈고 그게 재미가 있었던 것 같았다. 어른들이 농장을 둘러보는 사이 민들레 꽃대에 홀씨가 부풀어있는 것이 보이면 스스로 따서 입으로 불어 날려 보내며 놀았다.

농장을 둘러본 후에 소쿠리를 하나 들려 먼저 산딸기부터 따러 갔다. 아들은 잘 익은 산딸기를 골라 따서 먼저 성진이 입에 넣어주었다. 성진이는 아빠가 따준 산딸기를 먹어보더니 맛이 있었던 것 같았다. 당초에는 산딸기를 따서 소쿠리에 담아 원두막에 올라가서 온 가족이 함께 먹으며 추억을 만들어 줄 계획이었는데 성진이는 소쿠리에 담지 않고 바로 입으로 가져가 먹고 있었다. 손자가 산딸기를 따는 재미와 먹는 재미를 밭에서 즐기고 있으니 구태여 원두막까지 갈 필요가 없었다.

할아버지가 농장을 가꿔온 것은 취미로 가꿔온 것이고 돈을 벌기 위한 계획은 아니었다. 그리고 주말에 아들 가족들이 와서 쉬었다 가고 손자들이 도회지에서 해볼 수 없는 농사 체험을 즐길 수 있으면 하는 바람으로 가꾸어 왔다. 그런데 오늘은 아들 가족이 와서 할아버지가 기대했던 대로 농사 체험을 즐기고 있으니 농장을 가꾼 보람을 느꼈다.

아들 가족은 오후에 다른 일정이 있어 일찍 농장을 떠나야 했다. 할아버지는 아들 가족을 블루베리밭으로 데리고 가서 블루베리를 따고 또 감자밭에 가서 감자도 캐보는 농사체험을 시켜주었다. 감자가 어떤 것이고, 어떻게 생산되는지 성진이는 모를 줄 알면서 할아버지는 호미로 흙을 파서 감자를 캐어 성진이에게 주었고 성진이는 감자를 받아서 엄마 손에 건네주었다.

잠시 머물었던 짧은 시간 안에 많은 농사 체험을 시켜주려고 하니 주마간산 격이 되어 버렸지만, 그래도 제철에 할 수 있고 오늘 할 수 있는 것은 다 해보았으니 그나마 다행이라는 생각이 들었다. 바쁜 일정에 더 이상 다른 체험은 하지 못하고 원두막에 올라가 수박을 먹으며 더위를 식히는 것으로 하루 일정을 마쳤다. 아쉬움이 있었지만 이런 기억도 없이 손자를 외국에 보내야 될 것을 생각하면 그래도 짧은 시간에 많은 것을 하고 보낼 수 있어 할아버지는 아쉬운 가운데 마음이 뿌듯하기도 했다.

이웃집 손자들도 살구를 따러 오다

이번 주말에는 살구를 딸 때가 되었다. 흔히들 농사는 봄에 심어서 가을에 거둔다고 하는데 주말농장을 가꿔보니 가을보다 초여름에 거둘 것이 더 많은 것 같다.

할아버지는 지난 주말에 따다 남은 보리수를 따고 있는데 살구나무 아래서 아이들의 왁자지껄한 소리가 들렸다. 하던 일을 멈추고 고개를 돌려보니 아랫집의 어린 손자들과 우리 집 손자들이 함께 살구나무 아래 모여 살구를 따서 소쿠리에 담고 있었다.

아이들이 어릴 적에는 할아버지가 데리고 가서 함께 땄는데 점점 자라면서 해마다 농장에 오다 보니 요즈음은 과실들이 익은 것이 보이면 스스로 따서 소쿠리에 담아오기도 하고 따먹기도 한다. 그런데 살구를 따는 아이들이 우리 집 손자뿐만이 아니고 아랫집 손자들도 보였다.

요즈음은 과실들이 익어서 딸 때가 되면 할아버지의 농장은 아랫집 손자들도 따러 오는 곳으로 바뀌어 가고 있다. 지난 주말에도 아랫집 손자들이 와서 산딸기와 블루베리를 따 먹으면서 놀다 갔는데 이번 주말에는 어린 손자들뿐만이 아니고 아이들 아빠 엄마도 함께 와서 살구를 따면서 농사 체험을 즐기고 있었다. "꽃이 피면 벌이 모여든다."라고 하는데 할아버지 농장에 달콤한 과일이 열리고 따 먹을 때가 되면 이웃집 손자들도 과실을 따러 오는 곳으로 바뀌어 가고 있었다.

　평소에는 영감 할멈이 식물과 소리 없는 대화를 나누며 살아가는 조용한 농장인데 오늘은 아이들이 살구를 따면서 재미있게 노는 놀이터로 바뀌어 있었다. 달콤한 과실들이 익을 때가 되면 아이들은 과실들을 따면서 즐거운 시간을 보내고 할아버지는 아이들이 재미있게 놀면서 농사 체험을 하는 것을 보면서 인생 후반의 아름다운 삶을 거두고 있었다.

간이풀장에서 손자들과 피서를 즐기다

 아이들 방학 때가 되면 할아버지는 농장에 간이 풀장을 설치해 놓는다. 다른 가족들은 산과 바다로 피서를 떠나는데 우리 집 손자들은 피서철이 되면 할아버지 농장에 와서 할아버지가 설치해 놓은 간이 풀장에서 놀며 피서를 즐긴다. 이번 주말에도 손자들은 농장에 와서 간이 풀장에 들어가 놀았다.

어른들은 날씨가 더우면 체력 소모를 하지 않기 위하여 조용히 앉아서 더위를 식히며 피서를 하는데 아이들은 그냥 있지 않고 물놀이를 하며 노는 것으로 피서를 즐기는 것 같다. 아이들은 간이 풀장에서 물장구를 치며 놀기도 하고, 물싸움 놀이를 하기도 하고 또 물총 놀이를 하면서 놀았다. 할아버지는 아이들이 할아버지가 설치해 놓은 간이 풀장에서 재미있게 노는 것을 지켜보는 재미로 손자들과 함께 피서를 즐기고 있었다.

그런데 갑자기 성규가 물장난을 하다 말고 밖으로 나가더니 물바가지를 2개 가져왔다. 성규 성하가 물바가지를 하나씩 자기 머리에 쓰고 물바가지의 손잡이를 이용하여 상대방의 물바가지를 떨어뜨리기 놀이를 하였다. 이러한 놀이는 일반적으로 알려진 레크리에이션도 아니고 할아버지가 가르쳐준 것도 아닌데 즉흥적으로 놀이를 만들어 노는 것 같았다. 그런데 노는 아이들보다 지켜보는 할아버지가 더 우습고 재미가 있었다.

아이들이 노는 것이 재미있게 보여 할
아버지도 수영복을 갈아입고 물에 들어갔
다. 손자 둘이 한 팀을 하고 할아버지는
혼자서 서로 물을 치며 공격하는 물놀이
로 손자들과 함께 놀았다.

당초에는 할아버지가 손자들을 위해 간
이 풀장을 설치해 주었는데 지나고 보니
할아버지가 손자들과 함께 즐기는 간이
풀장이 되었다. 손자들이 있어 할아버지
도 멀리 가지 않고 농장에서 함께 피서를
즐겼다.

수박을 따고 복숭아를 따다

한여름 농장에 와보니 채소밭에는 수박 덩이가 여기저기 나뒹굴고 있었다. 할아버지는 손자들과 함께 따서 먹으면 여름철의 좋은 추억이 될 것 같아 손자들을 불러 수박밭으로 데리고 갔다. 채소밭의 수박 넝쿨 사이에는 몇 개의 수박덩이가 열려 있었는데 그중에 먼저 열렸던 수박을 골라 땄다. 성하는 할아버지가 딴 수박을 혼자 들고 가려고 했는데 너무 크고 무거워 들고 갈 수가 없었다. 결국 소쿠리에 담아 함께 들고 나왔다.

아이들과 함께 딴 수박은 차게 해서 먹기 위해 냉장고에 넣어두고 다음은 복숭아를 따러 과수원으로 갔다. 복숭아는 높은 가지에 달린 것이 많아 할아버지가 열매들을 따고 손자들은 소쿠리에 담아 함께 가져와 먹었다. 할아버지가 농사지은 것을 손자들과 함께 따서 먹으니 수확하는 재미에 농사 체험이 가미되어 달콤한 맛이 배가 되었다.

농장에 트램펄린을 설치해 주다

지난 설날에 손자들과 함께 경주로 여행을 갔었다. 우리가 묵었던 펜션에는 트램펄린이 설치되어있었고, 아이들은 트램펄린에 올라가 재미있게 뛰노는 것을 보았다. 할아버지는 우리 농장에도 설치해 놓으면 아이들이 좋아할 것 같이 생각되었다. 그래서 인터넷으로 조립품을 미리 주문해서 가지고 왔다.

우선 아이들을 컨테이너 하우스 안에서 놀게 하고 친구와 둘이서 조립품을 꺼내 설명서에 따라 조립을 했다. 먼저 매트를 걸어 맬 원형 프레임을 끼워서 맞추고 딘력매트를 스프링으로 원형 프레임에 걸어서 매었다. 그리고 다음으로 아이들이 뛰놀다 넘어져도 떨어지지 않도록 그물로 된 안전망을 둘러쳐 트램펄린을 완성했다.

트램펄린을 완성한 후 아이들을 불렀다. 아이들은 매트에 올라가 점프를 하며 뛰기도 하고, 구르기도 하고, 때로는 누가 더 높이 뛰나 점핑을 하면서 놀았고, 때로는 매트에서 서로 딩굴며 레슬링을 하고 놀았다. 손자들이 뛰놀며 좋아하는 것을 보니 할아버지도 즐거웠다. 조립품을 사느라 돈이 좀 들었고 또 조립하는 데 애를 많이 썼지만, 손자들을 위한 투자가 아깝지 않았다.

인생 후반부에 접어들어 어제와 오늘이 별로 다름이 없는 단조로운 삶을 살아가는 할아버지는 손자들이 좋아하는 것을 보면 우리 농장에도 마련해 주고 싶고, 그래서 이번 주말에는 트램펄린을 설치해 주었는데 손자들이 새로운 놀이기구에서 뛰노는 모습을 보니 할아버지도 아이들만큼 마음이 즐거웠다.

참외를 심고 마늘을 뽑다

농장에 오니 노랑꽃창포가 피어있고 과수원에는 여러 가지 열매들이 영글어 가고 있었다. 그런데 성규는 "할아버지 블루베리는 언제 따 먹을 수 있어요?" 하고 물었다. 6월이 오면 따 먹을 수 있다고 대답해 주었다. 성규는 "그때가 되면 다시 와야지."라고 하였다. 성규가 어릴 적에는 주말이 되면 할아버지 농장에 따라오는 것이 일상이었는데 이제 자라다 보니 동네 친구들과 어울리는 경우도 있어 자주 오지 못하지만 '그때가 되면 다시 와야지.'라는 소리로 들렸다. 할아버지가 손자와 함께 주말농장에서 즐기던 삶도 오래 계속되지는 못할 것을 내다보게 된다.

이번 주말은 참외 모종을 옮겨심을 예정이다. 5월 중순을 넘어서면서 채소밭은 모종 채소들로 다 채워지고 한 골이 남아 있었다. 여기에 아이들과 함께 참외를 옮겨심기 위하여 모종을 사 가지고 왔다. 할아버지는 구덩이를 파고, 성하는 물을 주고, 성규는 모종을 옮겨 심고 흙을 채워 넣었다. 초여름이 지나고 한여름이 오면 달콤한 참외가 열리기를 기대하며 할아버지와 손자가 함께 심었다.

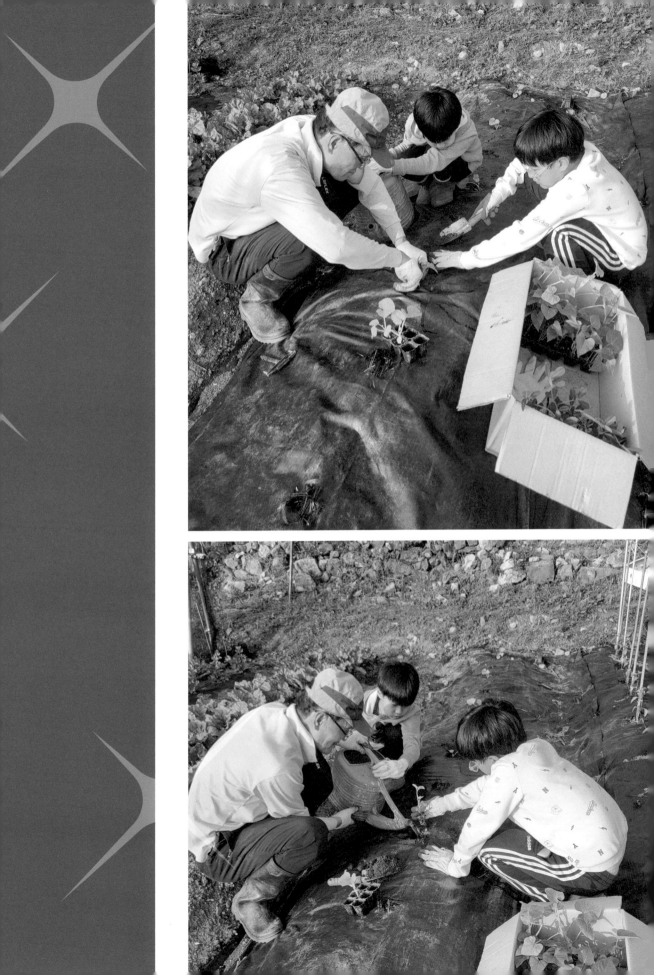

참외를 옮겨 심은 후 성규는 "할아버지! 이제 더 할 일 없어요?"라고 물었다. 마늘을 뽑을 때가 되었다. 당초에는 할아버지가 혼자서 뽑을 예정이었는데 성규가 "이제 더 할 일 없어요?" 하면서 물어 마늘 뽑는 일을 시켰다. 아이들은 마늘을 뽑으며 뿌리가 굵은 마늘이 뽑히면 서로 큰 것을 뽑았다고 자랑을 하면서 뽑았다. 마늘 뽑는 일도 아이들에게는 일이 아니고 놀이를 하며 뽑고 있었다.

떠날 준비, 보낼 준비를 하다

해마다 6월이 오면 할아버지의 농장은 수확이 시작된다. 채소밭에는 양파와 마늘을 뽑을 때가 되고 감자도 캘 때가 된다. 과수원에는 주말마다 매실, 오디, 산딸기, 블루베리, 살구, 복숭아 등이 차례대로 익어가고 또 따게 된다. 6월이 오면 손자들과 함께 와서 과실들을 함께 따는 재미가 쏠쏠하다. 유형의 열매를 따며 즐기고 수확하는 재미도 쏠쏠하지만, 손자들에게 아름다운 추억을 남겨주는 재미가 더 쏠쏠하다. 그런데 이러한 재미도 올해가 마지막이 될지도 모른다는 생각이 들었다. 손자들이 자람에 따라 농장에 따라오지 못할 때가 자주 생기고 내년에는 더욱 그럴 것 같았기 때문이다.

아이들이 어릴 때는 할아버지 농장에 가자고 하면 언제나 좋아했고, 또 농장에 오면 병아리가 어미 닭을 따라다니듯이 할아버지를 따라다니며 할아버지가 하는 일마다 "함께 하자." 하고, "나도 하고 싶다."라고 하던 아이들이었다. 그런데 요즈음은 달라지고 있는 모습이 보인다. 할아버지가 하는 일에 흥미를 잃어가고 있는 것이 보이기 때문이다.

해마다 할아버지를 따라 농장에 오다 보니 농장에 와도 새로운 것을 보거나 새로운 것을 즐길 것이 없기 때문이고 그래서 농장에 와서 할아버지와 함께 과실을 따는 것도 일상에 지나지 않기 때문인 것 같다. 그리고 아이들이 학교에 다니게 되고 첫째는 중학생이 되다 보니 더 넓은 세상에서 새로운 친구들을 사귀게 되고 새로운 흥미 있는 일이 주변에 많이 생기기 때문이기도 한 것 같다.

그동안 손자들과 주말농장을 가꾸면서 아름다운 추억도 많이 남기고 그래서 즐거웠고 보람도 있었다. 남들은 '손자 키우기가 힘 든다.'라고 하지만 할아버지는 손자들로 인하여 인생 후반부의 삶에 즐거움이 배가 되었고 행복했다. 하지만 때가 되면 아이들은 더 크고 더 넓은 세상으로 나아가야 하는 것이다. 새가 자라면 둥지를 떠나듯이 손자들이 새로운 세상으로 나아가도록 할아버지는 도와주어야 할 때가 된 것 같았다.

　그런 가운데 이번 주말에는 손자 둘을 데리고 농장에 왔다. 지난 주말에 산딸기와 블루베리를 따다 남겨둔 것을 따고 이번 주말에 새로 익어있는 살구를 따게 하고 감자를 캐게 했다. 아이들이 살구를 딸 때는 누가 많이 따는지 경쟁을 하면서 땄다. 지난해에는 우리 집 손자와 이웃집 손자들과 함께 어울려 땄는데 올해는 우리 집 손자 둘이서 누가 많이 따는지 시합을 하면서 따고 있었다. 살구는 높은 가지에 달려있는 것이 많아 키가 작은 동생이 형보다 불리한 시합이었다. 그래서 할아버지는 높은 나뭇가지에 달린 살구를 따서 동생 성하 소쿠리에 담아주었다. 이것을 본 성규는 할아버지가 성하를 도와준다고 항의를 했고, 결국 한 번은 따서 성규 소쿠리에, 한 번은 따서 성하 소쿠리에 따서 담으면서 함께 땄다.

그리고 감자도 캐도록 했다. 감자를 캐고 난 후에 성규는 "할아버지 이제 됐어요." 하고 자기의 의무를 다 마친 듯 게임을 하러 컨테이너 하우스로 돌아갔다. 이전처럼 따는 재미와 먹는 재미 그리고 캐는 재미를 즐기는 것보다 할아버지의 수확을 돕는 의무감으로 캐고 있는 느낌을 가지게 된다. 아마 내년쯤에는 친구와 약속이 있다며 성규는 할아버지를 따라오지 않을지 모른다는 생각을 해보게 된다.

성규 성하 손자 둘을 데리고 농장에 와서 재미있게 보내던 시간이 '어제' 같은데 첫째가 내년쯤에는 할아버지를 따라오지 않을 것을 생각하니 아쉬운 마음이 들었고 오늘 이 시간이 더욱 소중하게 느껴졌다. 할아버지는 넓은 세상에서 많은 사람을 만나고, 젊은 시절에 많을 일을 한 후에 직장을 은퇴하고 농장에 와서 제2의 인생을 살아가고 있는데, 손자들은 더 넓고 새로운 세상에 나아가기 전에 잠시 할아버지와 동행했던 삶이 주말농장에서 할아버지와 손자가 공유했던 삶이었다.

　　그런데 할아버지 농장에서 함께 했던 그런 시간들이 지나고 해가 저물어 서산으로 넘어가고 있다. 직장을 은퇴하고 제2의 인생을 시작하면서 손자들과 동행했던 주말농장에서의 삶이 즐겁고 보람 있었는데, 할아버지는 다시 다가올 내년 봄에는 새로운 변화에 대비하여 새로운 인생 설계를 구상해 보게 된다.

　　아무쪼록 아이들이 자라서 성인이 되어 도회지에서 살아갈지라도 오늘처럼 농장에서 할아버지와 함께했던 시간들이 아름다운 기억으로 오래 남기를 할아버지는 소망해 보았다.

epilogue

아름다웠던 기억들을 물려주기 위해

젊은 시절에는 미래의 꿈을 향하여 앞만 보고 달려갔었다. 그런데 직장을 은퇴하고, 인생 후반부에 접어들고, 할아버지가 되다 보니 더 이상 달려갈 곳이 없어져 버렸다. 앞으로 달려갈 곳이 없으니 멈추게 되고, 뒤를 되돌아보게 되었다. 제2의 인생을 시작하면서 기록해 두었던 일기와 사진을 펼쳐보게 되었던 것이다. 그중에서도 손자들을 맡아 키우면서 주말 농장에 데리고 와서 함께 보냈던 기억들이 새록새록 새롭게 되살아났다. 그당시에는 손자들을 키우고 돌봐주느라 힘들고 어려웠던 일상이었는데, 지금 와서 되돌아보니 참 아름답기도 하고 의미 있는 시간들인 것 같았다.

농장에 데리고 와서 놀아주기 위해 함께 씨앗을 뿌리고, 가꾸고, 거두었던 시간들이 재미있고 아름답게 느껴졌다. 풀밭에서 메뚜기를 잡고, 민들레 홀씨를 날려 보내고, 네잎클로버를 찾으며 놀았던 시간들도 요즈음 도회지에서 자란 아이들이 경험해 보기 쉽지 않은 시골 생활의 체험이었고, 겨울이면 할아버지와 함께 연날리기, 팽이치기를 하면서 할아버지와 손자가 동심의 세계에서 보냈던 시간들도 잊혀지지 않을 소중한 추억으로 느껴졌다. 이러한 기억들은 할아버지가 손자들에게 물려줄 아름다운 추억이 될 것 같았고, 아무나 경험해 볼 수 없는 소중한 자산이 될 것으로 생각되었다.

직장을 은퇴하고 인생 후반부를 살아가는 사람들은 여러 가지 다양한 삶을 살아가고 있다. 어떤 사람은 종교에, 어떤 사람은 취미 생활에, 또 어떤 사람은 사회 봉사활동 등을 하면서 인생 후반부를 살아가고, 또 많은 사람들은 할 일이 없어 무위고(無爲苦)에 시달리며 남은 인생을 살아가고 있다. 그런데 할아버지가 손자를 맡아 키우면서 주말이면 농장에 데리고 가서 함께 농사를 지으며 자연 학습을 시켜주고, 시골 생활의 체험을 시켜주며 인생 후반부를 살아가는 사람은 그리 많지 않고 또 아무나 할 수 있는 삶은 아닐 것 같다.

마케팅 이론에서 차별화의 원칙이란 게 있다. 치열한 경쟁 사회에서 생산자들은 자신의 제품이나 서비스가 경쟁사의 제품이나 서비스보다 더 편리하거나 가격 면에서 더 싸다는 등의 차별화 되어있다는 것을 소비자에게 알려주어야 잘 팔릴 수 있고, 성공할 수 있다는 것이다. 이런 면에서 보면 할아버지가 손자와 엮어온 주말 농장 이야기는 아무나 할 수 있는 삶이 아닌 차별화된 인생 후반부의 삶이 아닐까 생각된다. 세상에는 할아버지, 할머니가 손자들을 맡아 키우는 이야기는 더러 있을 것으로 생각되지만 할아버지와 손자가 인생을 동행하면서 함께 가꾼 주말 농장 이야기는 많지 않을 것으로 생각되어 책을 발간하게 되었다.

그런데 사실을 전달하는 데는 글보다 사진이 더 효과적일 것으로 생각해서 사진 위주로 책을 엮었고, 글은 이미지를 설명하기 위하여 보충하는 형식을 취하다 보니 사진이 시각적인 면에서 아름다움이 부족하고 촌스러우며, 글은 문맥이 자연스럽지 못하는 부분도 많았다. 사진은 할머니가 농장에서 손자와 일을 하면서 손자의 아름답거나 귀여운 모습이 보이면 흙 묻은 손으로 얼른 카메라를 가지고 와서 순간을 포착하여 스냅으로 찍어주다 보니 아름다운 배경에서 아름다운 포즈로 구도를 잡아 찍은 사진이 아니었고, 글은 할아버지가 국세청에서 젊은 시절을 보내고, 직장 은퇴 후에는 세무사로 일을 하며 평생을 숫자놀음을 하면서 살아오다 보니 전문 작가가 아니어서 그렇다.

그래서 책에 담긴 많은 사진이나 글 자체만 보면 특별한 것이 아닐 수도 있다. 하지만 사진과 글에 할아버지와 손자가 인생을 동반하는 아름다운 이야기가 있고, 차별화된 인생 후반부의 삶이 담겨 있다고 생각하면 그런대로 관심을 가질 수 있어 책으로 엮었다. 오늘날 인간 수명이 늘어나면서 노인 문제의 4고가 사회 문제가 되고 있다. 직장을 은퇴하고 노인이 되면, 한때는 없어서는 안 될 사회의 요직에서 일을 했는데 할 일이 없어 무위고(無爲苦)에 시달리고, 또 직장에 다닐 때는 주변 사람들이 많았고 가정에서도 중심에 있었는데 나이가 들다 보니 주변 사람들이 떠나가고 가정에서도 소외되는 고독고(孤獨苦)에 직면한 삶을 살아가고 있다. 그런데 손자를 맡아 키우면서 손자에게 격대교육(隔代敎育)을 시켜줌과 동시에 아름다운 기억을 유산으로 남기는 삶을 살아가고, 또 맞벌이하는 자식에게 도움을 주면서 살아가는 삶은 고독고(孤獨苦)와 무위고(無爲苦)를 극복하는 대안이 될 수 있는 이야기라고 생각되어 책을 내어놓게 되었다.

끝으로 나이가 들어가면서 주말 농장에서 삽질을 해도 예전과 같지 않고 사진과 글을 정리하는 일도 젊은 시절보다 더 힘들었는데, 할아버지가 이러한 소중한 기억들을 정리해서 손자에게 물려주지 않으면 시간이 흐름에 따라 그냥 사라지고 잊혀질 것 같아 평일에는 세무사로 근무하고 주말에는 농장에 가서 농사를 지으면서 틈틈이 정리하여 책을 엮었다. 할아버지가 어릴 적 고향의 향수가 잊혀지지 않고 아직도 아름다웠던 기억으로 남아 있듯이 손자들에게도 이런 기억들이 고향의 향수로 남아 있고, 손자들이 이 책을 펼치면서 할아버지와 할머니로부터 이렇게 사랑받으며 아름다운 어린 시절을 보낸 기억을 떠올릴 수 있도록 해주기 위해 책을 엮었다.